基隆號

一九四二未來戰艦

洪宗賢／著

台灣。第二部

引言

二〇二X年，台灣海軍特級艦，舷號1801的基隆號戰艦奉命前往宮古海域，與日本海上自衛隊舉行祕密聯合軍演。就在與日本海自會合的前一晚，基隆號遭遇了一場海上風暴，意外的穿越了時空，來到了一九四二年。

那是一個正在大戰的世界！歐洲還在酣戰，日本正擴大對中國的占領，兵鋒席捲菲律賓東南亞以及馬來半島。在美日太平洋戰爭方面，珍珠港事變已過去半年，中途島戰役剛剛結束，日本嘗到了二戰以來的第一場挫敗。

而基隆號，這艘誕生於一九八〇年代的台灣驅逐艦，意外來到了一九四二年，成爲了當時世界上最強大的戰艦。

然而，孤艦難以自存！

面對未來，是投往中國？抑或日本？甚至是遙遠的美國？基隆號必須選擇！

面對歷史，是積極改變？還是謙卑順從？基隆號必須面對！

擁有著先進武器的自信，卻也背負著「未來歷史」的包袱；

無法獨立自處的難處，以及對著中、美、日三國的既有意識型態！

「未來、歷史、生存」，成爲基隆號三百多名官兵的難題？
「過去」的基隆號，「未來」將有更多的風暴！

目錄

第一章

一、啟航

1. 二〇二x年六月，基隆港外海。

午夜時分的北台灣海域，黑壓壓的一大片烏雲把整個夜空掩蓋，遮蔽月色星光。蕭志偉艦長望著這般的景象：由烏雲直衝入海的閃電亮光，猶如電影特效，在眼前不斷的閃爍。

中華民國台灣海軍的紀德級軍艦，舷號1801，緩緩地向這黑洞般的烏雲駛近。隨著波濤越來越大，整個船身開始劇烈上下左右搖晃。

「報告艦長，氣象報告提到的暴風，就在我們面前。確定要穿過嗎？」作戰長簡中校轉頭向艦長位上的蕭艦長確認指示。

蕭艦長沉默的點點頭，眼神專注著看著前方。隨口問了一句：

「副艦長呢？」

「去船舷巡視整備，還沒回來！」作戰長說。

「請他趕快回來，海象越來越差，外面危險！」蕭艦長吐了口氣，不輕鬆的說。

望著眼前黑壓壓的一片，蕭志偉心中想起臨行前，戴總統親自招見叮嚀：

「這次的任務非常重要，務必要順利達成。」

三個月前。

總統府會議室外，中華民國海軍紀德級基隆艦蕭志偉艦長，端正坐著在外等候。會議室內，戴總統正招開國防祕密會議。除了總統，在座的還有陳副總統，國安局張局長，行政院何院長，國防部李部長，海軍總司令黃上將以及駐日代表潘代表。

戴總統首先說：

「最近中國軍機以及各式艦隊、海空軍不斷在台灣周邊穿越演訓，已經到了令人無法容忍的地步。最近半年，更不斷發生我方監控軍機遭中國海空軍雷達鎖定挑釁。對於這樣的情況，我覺得不能輕忽，請國防部加緊戰備。但今天招開這個會議，是向大家宣布一個好消息：在美國的居中牽線下，日本決定以祕密的方式，與我國就中國在琉球海域以及宮古海峽的軍事活動，建立情報互享，危機互援的合作機制。關於細節，請潘代表為大家說明。」

戴總統微笑的把目光朝向駐日代表。

潘代表滿臉笑容的對著麥克風說：

「戴總統，陳副總統，何院長，各位長官，本人在此向大家報告：日前奉總統及院長指示，務必聯合美、日等國，共同防禦中國的武力威脅。目前已經與日本防衛廳的友台人士，達成祕密軍事合作計畫。台日雙方的協議是：舉行雙方首次祕密軍演。藉由日方在宮古海峽附近舉辦的演訓，我方在外圍祕密參與。合作演習的內容是：情資分享橋接，指揮訊息傳聯暢通；針對假想情況演練，聯合殲滅敵對目標。」

「這決議已透過我國及日本駐美人員向美方說明。美方認爲不會影響區域安全，同意支持。」戴總統補充說。

「請國防部李部長說明目前的規劃。」戴總統看著國防部長。

李部長起身向戴總統及與會人員點頭示意，然後說：

「國防部規劃：由一艘海軍紀德級基隆號，帶領兩艘成功級艦及磐石號油彈補給艦，組成特遣艦隊。以例行巡弋的名義出航，前往宮古海峽海域，與日方海上自衛隊進行一天半的演訓。不過爲避免注意，基隆號由母港出方後，先繞行台灣海峽到左營，接受運補並與成功級會合後，往南經巴士海峽後北上，最後偏東北接近宮古海峽，與日方進行戰略與戰術串連演習。」

戴總統點點頭，然後問道：「負責艦隊指揮的是哪一位？」

「報告總統，是基隆號艦長蕭志偉上校。有關這次任務所有主要人物的簡歷，都已經在各位長官桌上的資料內，蕭艦長本人也在門外等候。」海軍總司令說。

「政治審查的部分，沒有問題吧？」戴總統看一眼國安局張局長。

「報告總統，沒有問題！蕭艦長雖然是外省第二代，但是軍事世家出身，從父輩到他，嚴守政治分際。他如果能順利完成這次任務，對軍方內部長久一來對我黨用人的省籍質疑，可以幫助化解。」張局長堅定的回覆戴總統。

「國內現在意識形態分裂嚴重，中共認知作戰積極，這方面馬虎不得！」行政院何院長說。

「請蕭艦長進來吧！」戴總統輕聲的說。

門被打開，蕭志偉艦長一身潔白的海軍制服，筆挺的現身在眾人眼前。戴總統滿意的點點頭，並請蕭艦長就座。

戴總統看著蕭艦長說：

「蕭艦長，這次的任務就要麻煩你了。你們是專業，我身爲三軍統帥，要做全面的折衝考量。國防實力是國家的底氣，面對中國威脅，我們需要聯合世界上的友邦，震攝對岸。我們希望這次順利建立軍事合作模式，推動之後更多次的合作。」

國安局長補充說：「現在中國動不動就挑釁式的用雷達鎖定我軍機，難保不會發生二〇〇一年中美軍機在南海互撞的事件，蕭艦長要避免這種可能。尤其在這個不能公開的演習，一但發生類似的情況，中日和我國，迂迴解決的空間會很小！」

蕭艦長點點頭，然後起身立正說：

「報告總統，各位長官，本人了解任務的重要與艱鉅，務必順利達成使命。」

戴總統微笑點點頭。

2.浪，越來越高。

根據氣象資訊，這個暴風範圍將近一百公里，如果等待或是迂迴，都將錯過明日清晨與日方的演習。這次演訓安排的障眼法，艦隊特意繞行台灣本島，耗去許多時間。沒想到在接近台日聯合演習的接點，冒出這大片暴雨烏雲！

「時間的掌握很重要！」蕭艦長想起行前黃總司令的叮嚀。

「二十一世紀，任何船艦活動都是赤裸裸的被監測著，要能夠不引人注意靠近日方演訓，自然順利的混入日方海域將是重點。艦隊的速度，會是關鍵！任何一個閃失，都會成爲美、日尷尬的外交事件。」黃總司令的話，言猶在耳。

時間，是關鍵。否則先前特意耗費繞行的時間與準備，將毫無意義。蕭艦長心裡很清楚：即使眼前的風雨是這艘中華民國海軍旗艦未曾經歷過的，也要勇敢跨過去，順利在明天清晨對接上日本海自的船艦。

「這暴風雖然大，但是我們的船承受得起。通令各單位一級戰備！」蕭艦長堅定的對著大家說。

「趕快呼叫邱副艦長回指揮室！」蕭艦長轉頭對通信少尉說。邱副艦長可是這次針對日台演訓特別挑選的人選：精通英、日文，對日本歷史更是著迷。十足日本通，還娶個日本老婆，可是這次的重要人物！

突然一瞬間，全船就籠罩在黑暗當中。月光與星光，完全被隔絕在外，指揮室只剩下警示燈與儀器訊號燈！雨勢與浪濤不斷加大，眾人屏氣凝神，周遭不斷傳來類似金屬扭曲的聲音與浪擊聲。

「報告艦長，前方……巨浪來襲！」航海少尉高喊。

「我們不要搶快，直直的穿過去，安全也重要。」蕭艦長說。

「報、報告艦長！雷達指示距離巨浪距離約一海哩！高度……接近一百公尺！」電戰中尉大喊。

蕭志偉心中一驚：一百公尺……！這輩子海上生涯從未見過如此巨浪。

眾人也是大驚，每個人不由分說的抓緊座椅，心裡滴咕著：我們這艘紀德艦雖然是將近萬噸級的大船，但畢竟也是一九八〇年代的老船。百公尺高的巨浪，幾乎是這船的兩倍高！這身子骨能否承受這樣的浪擊，每個人心裡都沒底……。整個指揮室人員目光不敢離開前方，只見窗上仍是雨水滿布，縫隙間仍只見遠方黑壓壓的一片！

蕭艦長臉上維持一貫堅定的表情，再問了一句：

「避得開嗎？」

航海少尉皺著眉搖搖頭說：「報告艦長，沒、辦、法。」

蕭志偉馬上對全艦下達指令：「全員衝擊準備，正對海嘯切浪通過。立即通知僚艦注意！本艦通過後馬上統計損害，救援傷者。」

「我們距離本島陸地有多遠？」蕭艦長問。

「報告艦長，大約八十海哩！」航海少尉說。

「馬上通知基隆宜蘭海巡相關單位，海嘯通報！這個浪過了我們，會直奔他們而去！」蕭艦長說。

馬上，船上的警示廣播高聲響起，迴盪在全船各個角落：「撞擊警告，撞擊警告，各單位人員就撞擊防護位置！」

黑暗籠罩，指揮室窗前的雨刷劇烈擺動，遠方黑暗處閃電如電流般不斷的從天而降。閃電連接在天與海之間，然後越來越短，突然一瞬間，眼前全黑。

海嘯般的巨浪，已經在眾人眼前！

整個船頭先是被巨浪整個抬升，地板傾斜高聳到讓人必須抓緊才不會狼嗆後倒。然後就在那最高點時，海嘯捲起的巨大浪花就在眾人視線的頭頂，億萬噸的海水此刻從天而降，將這將近萬噸級的紀德級基隆號船頭，狠狠地往下用力猛壓！整艘船前半段從上仰三十度到下傾十度的幅度大震盪，在最低點時，海水幾乎直撲指揮室！此時海天水雨完全不分，眾人面前黑暗陰沉和海嘯的衝擊同時襲來。

「輪機全開，我們要衝出這個暴風。」蕭艦長邊說邊伸手要將座椅上的三點式安全帶拉過扣上，此時突然一個冷不防的橫向甩動，蕭艦長驚訝的被甩下了座椅，重重的摔落在地板上，看著最後一幕混亂的瞬間，眼一黑他昏了過去。

3.「艦長！艦長！你聽到我說話嗎？」

不知道過了多久，蕭志偉慢慢的聽到周圍的呼喊，緩緩張開眼睛，是醫官王中尉。他感覺躺在擔架上，想轉頭看一下兩側，脖子被護頸給固定住。

醫官先是測試了一下他的手腳活動以及腦部情況，確認沒有大礙。蕭志偉只覺得全身痠痛，但手腳活動無礙，他覺得自己應該沒事，但是醫官仍堅持戴著護頸。他從擔架坐起，眼前除眾人外，怎麼窗外的環境，又恢復了黑夜的平靜？船身不再晃動？周遭的人或許貼著繃帶，但都已不再驚慌？

「怎麼了？發生什麼事？我昏了很久嗎？」蕭艦長看著身旁的這群夥伴，充滿困惑地說著。

「報告艦長。」作戰長簡中校帶著一貫沉穩的表情，向他報告。

「海嘯來襲時，巨大的衝擊力讓艦長摔落座椅昏了過去，大概有幾分鐘的時間，同時間幾位同事也受傷。當我艦切過這個巨浪後，全艦陷入一片昏暗，但周遭整個平靜了下來，黑暗也漸漸散去，看得到窗外的星光。」

艦長點點頭，看著窗外，然後慢慢起身，對著全艦下達指令：

「各單位清點人員和損失，然後回報……」話還沒說完，簡中校略帶困惑地說：

「艦長，還有事……我們聯絡不上艦隊的其他船隻！兩艘成功級和磐石艦，都沒有回應……。」

「海面搜索雷達掃瞄呢？」艦長問。

作戰長搖搖頭，無奈的說：

「還有，報告艦長……邱副艦長失蹤了……。」

「什麼！」蕭志偉不敢置信的問。

二、「過去」的旅程

1.交代完一堆事項後，蕭志偉艦長有點耗盡般的躺坐在椅子上。整晚沒睡，加上摔落椅子的暈眩，此刻的他感到全身痠痛，尤其是頭皮開始明顯的抽痛感！王醫官早已注意到艦長左側的頭上腫了一包，遞過一包冰敷袋。再幫他做了一遍理學檢查，確定無礙後，順手將艦長的護頭取下。

「艦長，您要不要休息一下！」王醫官輕聲的說。

「謝謝你，醫官，沒辦法休息！」蕭艦長深吸了一口氣，又挺起腰桿，看了一下手錶：四點半。距離黎明只剩下一個小時，經過了整晚的混亂，損害確認，演習準備，更重要的是：天一亮要馬上搜尋邱副艦長的下落！

「天色將亮，我們即將與日本海自接頭，咬著牙都要把正事做完。」蕭艦長嘆了口氣說。望著指揮室外的夜色，此時的海面居然平靜的難以置信！月光淡淡的灑在海面上，就像一幅畫。雖然指揮室內些許混亂，但是可以看出每個人都打起精神，專注準備。這是一群訓練有素的中華民國海軍菁英啊！

蕭艦長漸漸露出了輕鬆的表情。

「報告艦長，」作戰長說。

「各單位已回報狀況。除邱副艦長外，人員全員到齊。撞擊導致傷員五名，都是輕傷，不影響單位工作。輪機室高壓蒸氣管線有漏氣，目前馬力輸出先降至30％，預計半小時修復，可恢復到正常馬力。武器準備室無損害，其他單位裝備測試檢查也正常！」

蕭艦長點點頭。馬上說：

「天一亮，立刻派小艇和偵查無人機迅速搜索邱副艦長下落。」

「但是，有些情況，很奇怪！」作戰長略帶遲疑地說。

「首先，包括兩艘成功級以及磐石補給艦，呼叫均無回應！雷達掃瞄也沒有顯示他們的位置！」作戰長說。

通訊少尉此刻轉頭看著艦長及作戰長，也點點頭。

「根據海面搜索雷達掃描，我們的位置沒變，約在基隆外海一百海哩處。但是GPS完全沒有訊號？衛星也沒有訊號？對日方發出加密通訊，也沒有收到回覆？」

「什麼？」蕭艦長也感到不解。

「甚至剛剛想要回報海總我們的情況，也沒有回應？」作戰長疑惑的說。

「在海嘯衝擊之前，通訊一切正常，也通報了總部海嘯來襲。但巨浪過後，就完全失聯了！剛剛測試過通訊硬軟體設備，沒有損壞！」通訊少尉補充說。

「我們成了一艘孤艦？」電戰中尉狐疑的說！

「可能嗎？都二十一世紀了！『失蹤』比『鎖定』更困難。更何況我們這樣一艘將近萬頓的大船！」通訊少尉說。

指揮室人員默默的望向艦長。此時，窗外海平面漸露曙光。

「首先，」蕭艦長以慣有的堅定語氣說。

「通訊官繼續呼叫：海總、成功級、磐石艦、日方艦隊，甚至，留意所有能截收到的訊息，廣播、網路。」艦長閉上眼，繼續思考。

「預計八點會和日本海自接觸，各單位依照演訓進入待命。」

「李政戰官，接下來演訓你任務較少，所以由你帶領小組尋找邱副艦長。你帶領兩艘小艇，馬上下海搜尋。另外，反潛長責令反潛直升機馬上升空，在周邊海域搜索！動作要快，我們只剩一小時左右的時間。」艦長嚴肅的說。

收到命令的政戰官以及反潛長馬上去辦。

「報告艦長，如果一直都沒有日方的回應，我們是否返航？」作戰長問。

「我們到預定海域等待，其餘的，就讓時間決定吧！」蕭艦長說。

2. 看著艦尾直升機坪的反潛直升機緊急升空，強大的氣旋把浪吹起來，讓剛離艦的小艇晃動得厲害。李上尉抓緊了小艇的扶手，一位下士解開固定纜繩，另一位中士就發動小艇急速駛離母艦。兩艘快艇分別朝母艦兩側搜索，反潛直升機則在空中鳥瞰，隨時注意有無訊號燈以及救生衣的可能！

時間寶貴，要把握！政戰官李上尉感到不少壓力。晨曦剛起，他已經汗濕了一身衣服。政戰官原本是艦上的閒差，他從來都是輕鬆任事。如今反而是他要承擔這樣的重任：找到邱副艦長！邱副艦長是個十足的親日派，老笑他這個政戰官是黨國餘孽。雖然聽起來不好聽，但他也懶得回。就是個工作啊！誰不是爲了養家活口？政戰單位在國軍，總是被攻擊的目標！

李上尉不忘拿起望遠鏡四處瞭望。此時，下士突然放下耳邊的通訊耳機對他說：

「政戰ㄟ，反潛機說我們西北方有一艘日本漁船，要我們過去問一下。你不是會一點點日語？」

「好，我們馬上過去！」李上尉肯定地說，畢竟時間有限。中士一聽馬上斜轉西北方向疾馳，果然看見一艘掛著日本旗子的小漁船！小艇快速的靠近這艘掛著日本國旗的木製小船，卻看見船上三名漁夫手忙攪亂慌成一團！李上尉趕緊用日文大喊：你好、你好！只見三名漁夫馬上舉起雙手做投降的姿勢，驚慌著用顫抖的聲音喊：「台灣人！台灣人！」

「政戰ㄟ，他們說台語啦！」下士笑著說。李上尉回過神來：對喔，他們說台語，是台灣人？怎麼掛日本國旗？是不是在附近海面捕魚才不會被日本人驅趕？

小艇放緩靠近漁船，李上尉抓住漁船船舷，一躍而上。不解的是，三個漁民反而更緊張瑟縮。李上尉注意到帶頭的漁民一直盯著他胸前的青天白日國旗章，口中不停的說著：

「我是台灣人，我是台灣人！」

「我們也是台灣人啊！不用緊張！」下士在小艇上對著漁民笑著用台語喊著。李上尉馬上也接著用台語說：都是台灣人啦，你們別緊張。三個漁民面帶疑惑的放下雙手，帶頭的問：你們不是中國兵？怎麼會說台灣話？

「我們是中華民國台灣啊，當然會說台灣話？你怎麼那麼好笑？倒是你們怎麼掛日本國旗？是怕日本ㄟ趕你？不怕我們海巡給你開罰單……。」說著說著，李上尉注意到船艙的日曆上大大的掛著昭和十七年六月三十日，一九四二年……。李上尉不可置信，疑惑的用台語問：

「今天日曆是幾月幾日？」

「昭和十七年六月……三十！」漁民回頭看了一下日曆紙。

李上尉仔細看了一下眼前的這三個漁民：黝黑的身材，穿著台灣人常見的工作內衣，台語的口音有點濃厚。然後再把目光掃過船艙：鍋碗瓢盆，釣竿。沒有電視、無線電、瓦斯爐……。

李上尉定神一下，重新理一理情緒。用台語問：

「現在是昭和十七年，台灣是日本人統治！你們說台語和日文，聽不懂中文？」

三個人點點頭。

「有聽過電視？手機？無線電？」

三人搖搖頭。

接下來的幾分鐘，李上尉舒緩一下情緒，對方見他也說著流利的台語，也逐漸放鬆了下來。其中一位忍不住問他：

「你說你是台灣人，為什麼穿著中國兵的衣服？」

「現在台灣和中國、美國在相戰，你們是哪一邊？」

李上尉尷尬的笑了一笑，回答說：

「我們是從很遠的地方來的，不屬於任何一方。」

說完，李上尉頓時立刻問到：

「對了，昨晚不是有大浪嗎？怎麼你們沒有遇到？」

三個台灣漁民兩兩相看，回答說：「沒、沒有啊！我們整晚都在海上，昨晚只是天黑了點，沒大浪啊！」

「有看到落海的人嗎？我們一個朋友落海了？我正在找他！」

三人搖搖頭。

李上尉陸續向他們詢問了許多問題，由於沒有語言隔閡，彼此都放鬆的戒心。這三個漁民顯得很純樸、眞實！然而越是眞實，就越不可置信：現在是昭和十七年？昭和十七年？李上尉心裡哆嗦著：怎麼可能，就算自己信了，艦長及其他人會相信嗎？

「政戰ㄟ，上面在呼叫我們回去了！」小艇上的下士喊著。

李上尉看了看手錶，七點半！八點前要趕回艦上。但是面對這個「現實」，該怎麼辦？他突然靈機一動，對著三人說：「能不能請你們到我們船上參觀？」

三人爲之一愣，彼此互看！心理想著：他們是中國兵，回去如果被警察知道，就死定了，甚至槍斃吧！就算自己有好奇心想去，也不知道其他二人是否會洩漏這件事……？

李上尉馬上想到他們的難處，笑意說著：

「願意去我的船，我送他這只手錶！」他順手剝下自己手上這只精工錶，三人眼睛爲之一亮。

「我去！」一個莫約二十餘歲的小壯漢出了聲。

「我叫阿榮，我跟你們去！」

李上尉一喜，馬上將手錶遞給他。卻見他轉身遞給另兩位同伴說：

「阿成、阿勇，你幫我拿著。你們在這裡等我，如果我沒有平安回來，你把這只錶交給我某ㄟ！如果我平安回來，我們把錶賣了，三個人平分！」

另兩人同意的點點頭說：「阿榮，我們在這裡等你喔！」

三個人互相點頭致意，然後阿榮矯健的跳上小艇，隨著李上尉一同疾馳離去。

3.回到艦上，李上尉馬上被招集到軍官會議開會。他請阿榮在會議室外等候，會議室內，所有尉級以上軍官都在座。李上尉一坐定位，旁邊的電機官劉上尉就輕聲跟他說：通訊全斷，沒有僚艦，沒有日本海自，沒有網路，都沒有，只有收到一些奇怪的廣播，大家正在討論，是否該返回基隆港。

會議室中，大家議論紛紛。蕭艦長看著李上尉回來了，示意大家安靜：

「政戰官，有消息嗎？」蕭艦長問。

李上尉沉住氣，慢慢地說：

「報告艦長，很遺憾的，沒有發現邱副艦長的蹤跡。但是……我遇到了一艘附近的漁船，經過了和漁民的交談，發現一個驚人的事情：現在的我們，是在昭和十七年的時空！」

「昭和十七年？一九四二年？二戰的時空？」王醫官驚訝的說。

「我們穿越時空到了二戰時代？別開玩笑了！」眾人又是一陣議論。

「難怪我收聽到的廣播訊號都是古老的日文電台！」通信官周少尉說。

李上尉繼續說：

「為了讓大家相信，我請了其中一位漁民隨我回來，大家可以向他查證。」

每個人都沉默，只見門口走進一位黝黑的精壯男人，穿著工作內衣卡其褲和膠鞋，一臉驚恐的樣子。

「他只會說台語！還有，請大家別嚇到他。現在的台灣是日本的一部分，他是日籍臺灣人，我們是中華民國海軍，目前是交戰狀態，他有『通敵』的壓力。」李中尉補充說。

艦長點點頭，開始向阿榮詢問的一些問題。包括住在基隆，打漁維生，和同行的阿成、阿勇是鄰居，已經結婚，還沒有小孩。昨天傍晚出海一直到現在，沒有遇到大浪。最重要的是：

「今天現在是昭和十七年，六月三十日？」蕭艦長鄭重的問。

阿榮有點疑惑這個問題為什麼一直被提起，但他肯定的點點頭。

會議室陷入了一陣沉默，大家把目光投向艦長。蕭艦長反而顯露出一幅平靜安詳的表情，略帶微笑的對阿榮說：

「謝謝你來我們船上參觀，請保防官郭上尉護送你到軍官休息室休息，準備一些食物招待一下我們的客人。」

「那……我可以回去嗎？」阿榮略帶緊張的問。

艦長點點頭，親切的說：「你稍等一下，我們準備好就送你回你的船上。」

艦長揮手示意保防官過來，貼著耳朵對他說：「不要讓客人亂跑！」

保防官郭上尉點點頭，親切的帶著阿榮離開會議室。

三、現在的「歷史」

1.「現在是昭和十七年，一九四二年的六月三十日？」會議室中，這句話此起彼落。突然，許多人注意到蕭艦長露出的輕鬆表情，感到有點困惑。

蕭艦長鬆了一口氣，緩緩的說：

「各位對我們現在的情況，應該還是有些不解。但是綜合昨天晚上到現在的情況，有些結論還是確定的。我總結一下：首先，與日本海自的聯合演習確定是沒有的。大家可以暫時解除演習的戰備準備。其次，邱副艦長確定失蹤，目前沒有蹤跡，所以我現在任命作戰長簡中校暫代副艦長職務。最後，是大家最關心的問題：今夕是何夕？現在到底是二〇二X年還是一九四二年？我沒有答案，但我們要有準備，要有確認。所以：通信官、電戰官繼續搜尋另外三艘僚艦。另外，如果現在眞是一九四二年，我們眞的穿越時空來到歷史上的一九四二年，那現在是戰時。二次世界大戰最熾熱的時候，太平洋戰爭從一九四一年十二月日軍偷襲珍珠港開始。所以要密切注意我們周邊的軍事活動，包括任何軍事艦艇和偵察機！尤其是長程空中搜索雷達要全天搜索。還有，現在是戰時，有可能會發生衝突，所以武器系統全以實彈預備，請兵器長謝中校注意。」

「補給長和輪機長把我艦現有的軍需和給養的情況具體統計，因為未來能不能有補給，目前還不知道。」

「最後，在還沒確定時空之前，我決定本艦先往台灣東海岸蘇花外海隱密。一方面避免有任何衝突，一方面確認時空。至於確認時空方面，李上尉，可能要麻煩你再跑一趟。你帶領兩個人跟著這個阿榮回到基隆，確認時空、環境、以及目前的社會生活情況。要記得照相攝影！等確定後，以長程無線電聯絡艦上，再派反潛直升機去接你們回來。」蕭艦長說。

「報告艦長，要配槍嗎？」李上尉問。

蕭艦長閉上眼，無奈的點點頭。又忍不住叮嚀說：

「配上手槍，但無論如何不要引起注意與衝突！盡量隱蔽，找艦上基隆籍的小朋友跟你去，對地形比較了解。萬一有個閃失，能找到地方隱蔽，等直升機過去接你們。如果現在眞的是一九四二年的台灣，要注意日本警察，和特務機關差不多！」

話一說完，作戰長簡中校忍不住問：

「國旗怎麼辦？」

大家一愣。

簡中校靜靜地說：

「如果現在是一九四二年的台灣，我們身處在日軍控制的海域，我艦高掛的是青天白日國旗，一旦日本偵察機發現，會馬上採取攻擊。雖然說任何不明艦艇在這個時空都會被攻擊，但是中華民國國旗畢竟太醒目，是否先降下……。」

「好吧，就先降下來吧！」蕭艦長輕聲說。

各單位分別動作準備。

大家離開後，蕭志偉請校級軍官留下來繼續討論下一步？

蕭艦長挺起身子，對著眼前各位主管說：

「在座各位就是本艦的中樞，對於本艦的現況，我們必須討論最差的情況：承認現在是一九四二年六月底，世界正處於二次世界大戰當中，珍珠港事變之後的半年。台灣是日本的屬地，我們是位在台灣東北角的一艘孤船，一艘沒有任何隸屬的孤船。然而，我們是一艘軍艦，在這個時空，一不小心就可能面臨威脅，深陷戰場。」

「也就是說，我們能改變歷史嗎？」輔導長雷中校說。

「我們的船有長程海空搜索雷達，有防空防艦導彈，有快砲，在一九四二年，雷達還沒普及運用，飛機時速五百公里的時代，我們是這世界戰力最強的軍艦！」兵器長謝中校肯定的說。

「真是有趣的矛盾！」輪機長嘆了一口氣說。

「在二十一世紀，我們這艘號稱台灣最強的戰艦，不過是一艘一九八〇年代的老船。現在卻成了一九四二年全世界最新的戰艦，領先世界四十年！好矛盾的感覺！」輪機長說完，大家露出尷尬的笑。

「如果穿越時空是事實，這……意味著我們都失去了二十一世紀的家人朋友？」輔導長雷中校感嘆的說。

許多人不由得的拿起了手機，看了一下手機內的照片。

「再強的戰艦，不可能單獨存在！海軍靠的是補給，我們的補給在哪？」補給長詹少校看著大家。

蕭艦長看著大家，開始他的規劃：

「關於艦內給養的部分，不得不重視，這次出航原本攜帶的一個月給養，請詹少校規劃，全艦實施配給制度，直到有穩定給養，我預估至少爭取三個月的時間。因爲如果我沒記錯，中途島在本月剛結束，一九四二年下半年的美日太平洋戰爭，集中在索羅門群島附近。按照歷史，八月美軍將在瓜達爾卡納爾島登陸，日軍目前在台灣海域的活動很少。其次，先前報告過了，我艦預計前往蘇花附近海域隱匿。我考量有兩點：東岸的峭壁多，適合隱匿，這邊山高腹地小，人煙較少。如果往北或花蓮以南，容易有偵察機出沒。」

「至於穿越時空，改變歷史的部分……」蕭艦長抿著嘴緩緩的說。

「如果我們眞的是穿越了時空，怎麼來，就有可能怎麼回去？大家注意是否有可能再出現昨晚那樣的場景！如果能回去，我們要優先考量回去！我們的家人親朋好友都在二十一世紀！大家要知道，我們是不屬於這個時代的！」

「回到二十一世紀，是我們的首選。」蕭艦長肯定的說。

「在沒有回到二十一世紀之前，我選擇盡量不應該干涉歷史，讓歷史循著我們知道的軌跡前進。畢竟大家都聽過：蝴蝶效應！更何況是我們這樣一艘巨大，不屬於這個時代的戰艦。如果我們積極介入二次世界大戰，結果會更好，還是更壞？二次大戰全世界死亡三千萬人以上！如果不循著歷史，會不會有四千萬、五千萬人喪命？」

「也有可能只有一千萬人喪命，不是嗎？」兵器長謝中校說。

「這是我的決定。」蕭艦長對著謝中校說。

「最後，全艦人員的安全，是我們的最重要考量！這艘船可以消失沉沒不存在，但我有責任保護全船人員的人身安全。」蕭艦長對大家說。

「如果說我們眞的穿越到一九四二年，成了一艘孤艦，同船一命，那本艦以及全體船員未來的前途，是否要全船參與決定才符合民主？」兵器長接著問。

「必要的時候，我會讓大家參與決定！」蕭艦長說。

2. 政戰官李上尉帶著航海士官小周和家住基隆的一兵小毛，一起搭上了阿榮的漁船，緩緩駛向基隆附近的漁港。爲了避免被注意，李上尉預計在接近漁港的時候，放下攜帶的充氣小艇，趁著黃昏夜色潛行上陸。

這幾個小時的航程，禁不住阿榮他們不停的追問，李上尉還是向他們說明了一些情況：

「我們是來自未來的台灣！八十年後的台灣！」

阿榮三人聽的一愣一愣的。

「我現在說的，很難去證實，但是你們要記得我說的話：日本會戰敗，台灣未來會給中國管！

還有，如果日本政府要你去南洋當兵，千萬不要去！會死在那裡！」李上尉鄭重的對他們說。

「你是說笑吧！中國那麼弱，我們日本帝國那麼強，甚至打敗了美國，怎麼可能會輸給中國，以後會變成中國人？」阿勇說。

「隔壁的阿信哥哥已經去當兵，看他的一身軍裝，好威風！而且，去當兵爲天皇打仗，是一種光榮，家裡也可以配給到白米！」阿成說。

「你們眞的是中國兵嗎？我看你們的船很好像很厲害！可是，沒有很大的砲，我們日本的大船都有很大的砲！以前在基隆常常看到，你們的船打的贏嗎！」阿榮不好意思的問。

「我們是從八十年後的台灣來的，那個時代的船，不需要很大的砲就可以把敵人打倒！」李上尉說。

天色漸漸昏暗，漁船要趁天黑前進港停泊。於是在港外，李上尉三人換上一般的便服，登上橡皮艇，慢慢的划向岸邊。離開前，李上尉把隨身帶著的鋼筆也送給了阿榮：

「把筆和錶都拿去賣了，謝謝你們！」

三個人趁著夜色上岸，在一兵小毛的帶領下，往基隆市區前進。沒有高樓大廈，沒有閃爍燈光，沿途幾乎都是傳統的台灣三合院和一片昏暗，只有月光。

「眞的不是我們的台灣！沒有燈光，高樓！」小毛領著三個人，沿著海岸的樹林，在夜色下逐步往市區前進。

「小毛，你還認得地方嗎？」李中尉問。

「地形沒變，雖然沒有建築物路標，但保證不會走失！我可是基隆通！」小毛輕聲的說著。

「這是八十年前的基隆！別大意。」士官小周嚴肅的說。

走了幾公里，夜已經深了。來到基隆山坡上的一個土地公廟。遠望，可以看到基隆港區的船隻燈火。

「我們三人輪流睡一會，等黎明後進入市區。為避免太過醒目，我們保持距離分開前進，記得保持視線範圍內，但不要走失。如果失去聯絡，就回到這個土地公廟。照相紀錄的時候要注意，不要被旁人發現。紀錄街景，蒐集報紙雜誌。預計傍晚回到這裡，然後前往海邊，通知直升機來接我們。」李上尉輕聲說。

「小毛，你先當哨！然後是小周，然後是我。我們先睡一下！」

小毛心裡正低咕著：我是民國九十年出生，我爸是民國五十五年出生，我爺爺是民國二十九年出生，是一九四〇年。如果現在是一九四二年，那我爺爺今年兩歲……。

「小毛、小毛！醒醒，我們要出發了！」李上尉叫醒一兵小毛。他睜開眼，看一下手錶：四點半，太陽還沒露臉，但東方海面隱約可以看見金黃色的陽光反射在雲下。李上尉決定：把裝備以及手槍都埋在土地公廟後面，只帶上手機。雖然手機無法通話，但是小巧，能照相攝影，放在口袋不引人注意。李上尉又摸了一摸口袋裡的一枚金戒指，是臨行前，艦長拿給他的。

「如果真的是日據台灣，先找家當鋪，把這賣了換點錢好使用！」

三個人裝成氣定神閒的外地人，小毛路熟走前頭，一路照相或停留，小周及李上尉隨時注意著。隨著東方魚肚白，三個人心情乍時輕鬆了不少。沿途都是低矮的一兩層日式房屋，日文漢字夾雜的招牌，彷彿來到了日本老街。隨著人生鼎沸，三人來到了「義重町」牌前。

小毛忍不住興奮的說：「義重町！這是現在的義二路，當年基隆最熱鬧的鬧區。我小時候聽我阿公說過啊！」

「現在是一九四二，昭和十七年，應該說是未來的義二路！」小周冷冷的說。

「義重町可是當年基隆的忠孝東路啊！都賣高檔貨舶來品！」一兵小毛依舊興奮的說。

果然不遠處就看到一家金飾店，李上尉去把金戒指賣了，換了不少錢。因爲台語完全沒有問題，店家只覺得是外地口音，衣服有點不同。李上尉還和店家稍微聊了一下，只是一提到戰爭，店家馬上露出不安的表情說：皇軍必勝！

三人沿著鬧區逛到廟東，順便吃了些早點。在書報攤買了些報紙，沿途趁人不注意的時候照了一些照片，估算一下時間，開始往回程的土地公廟。

「輔ㄟ，看來我們眞的穿越到了我阿公出生的時代！如果我們回不去，接下來要怎麼辦？」小毛對著李上尉問。

「艦長自然會有計畫領導我們！」李上尉堅定的說。然而，他也知道，茫茫未來，想也是一片空白。這艘基隆號雖是一九八〇年代的老船，但在一九四〇年代，可是舉世無敵的超級戰艦。在這個雷達剛發明的時代，大部分船艦都還沒有雷達，海上偵查都要靠偵察機。而基隆號可以有能力在數百公里外，以反艦飛彈把航母摧毀！

「輔ㄟ，現在眞的是二戰期間，那我們不就可以改變歷史？」小毛興奮的問。

「當我們出現在這個時代，歷史就已經改變了吧！」下士小周說。

「我們一艘船能改變歷史？你想太多了吧！一顆砲彈，一顆魚雷就可以把船擊沉，讓我們葬身海底！你還改變歷史勒！」李上尉調侃的說。

「可是，如果我們幫日本打贏，台灣就不是中華民國，以後的台灣人就不會面對中國的威脅！」小毛說。

「可是台灣終究只是殖民地，日本的二等公民！」李上尉說。

傍晚時分，來到了當初出發的土地公廟，拿出先前的裝備，還有手槍。李上尉想起艦長的叮嚀：無論無何要避免衝突，但是有任何危及生命的情況，要以保命爲優先。切記：日據時代的台灣警察和憲兵，和現在不同，可是很冷血的！

李上尉拿起無線電，和艦上聯繫上。請直升機兩個小時後到預定的座標接他們。

突然，小周面露嚴肅，做出閉嘴的手勢，輕聲說：

「政戰ㄟ，有車子靠近。我們要躲一下，還是裝作若無其事？」

「放心，我們當作遊客休息，大家把剛買的乾糧拿出來吃。別緊張！」李上尉把手槍壓在包包下，若無其事的吃起了大餅。

兩輛車子在土地公廟前停下來，第一台車先下來三個人，一個便裝，兩個穿制服的警察。李上尉深感大事不妙！馬上站起來恭敬的鞠躬示意，謙卑的用台語說：

「大人，你好！」

還沒等下一句，另外兩個警察就掏出槍對著他們三個！下士小周和緊張得直發抖的一兵小毛不由分說的舉起雙手。

李上尉邊舉起雙手，邊苦苦哀求說：

「大人啊！是什麼事情？怎麼要拿槍指著我們？」

帶頭的便衣笑了一聲，冷不防的就往李上尉頭上砸上一拳。李上尉頓時跌坐在地上，眼冒金星！此時第二台車子下來一個警察押著一個人。警察順手拉起那人的頭：一張被打的不成人形的臉，是阿榮！

「是不是他們？」警察問。

阿榮勉強從腫脹的雙眼睜開，看了一眼李上尉，點點頭。

帶頭的便衣從懷中掏出一塊手錶，對著梁嗆起身的李上尉說：

「認識這支錶嗎？是你給他的沒錯吧！」

李上尉正當猶豫要不要回答時，數名警察已經衝過去將他們三人扣上。抓取他們的包包，以及搜身。當然，眼前的手槍和無線電馬上被拿給了帶頭的便衣。

那便衣仔細端詳了一下這些東西，都是他沒見過的，又拿起那塊手錶，雖然是日本精工製的，也都是沒有見過的款式。他拿起手槍端倪，上頭漢字寫：國造九〇手槍？國造？確定不是日本國？

哪個國？不管，押回去慢慢審。生不如死的情況下，準讓他們交代清楚。

「你們這些在台灣的中國奸細！笨到拿這些仿造的東西來台灣丟人現眼！通通押回去」帶頭的便衣冷冷的說。

原來，當晚阿榮三人回到家中，便商議明天一早阿榮就把錶拿去賣了。鋼筆阿榮想要留下來當作紀念，以後生了小孩，讀書可以用。

「希望下一代可以讀書，不用打漁這麼辛苦！」阿榮對牽手說。

隔天一早，阿榮去鐘錶行賣了錶，便高高興興回家，還買了塊五花肉打打牙祭。無奈是鐘錶行對於這個奇怪的手錶：雖然也是自動上鍊的，但是卻是從沒見過的款式感到困惑。引起全店技師的興趣，也引起正在買錶的憲兵隊長的注意。他敏銳的注意到是有蹊蹺：一個漁民怎麼會有一塊高級手錶？從沒見過的款式，一定是來自於國外！那，肯定是有境外的人與他接觸！

就這樣，中午時分，憲兵隊長帶著幾個人去到了阿榮家，在牽手的哭聲中把阿榮拖回去憲兵隊。不消一會工夫，被打成豬頭的阿榮奄奄一息的把昨天所有的經歷一五一十的交代的清清楚楚。

「馬上把這個報告完整的傳到台北！奇怪的戰艦，中國的戰艦，要特別強調。還有，馬上準備兩台車，我們要趁著上岸的三人回去之前，把他們抓回來！」

「把他也帶上，認人！」憲兵隊長大叫，心裡想：破了這案，可又能升官了！

3.李上尉三人和奄奄一息的阿榮被銬上後拖上車，憲兵隊長滿意的坐上車沿土路晃晃蕩蕩的往市區開回。兩台車一個轉彎，卻被眼前的路中大石擋住了路！領頭車的兩個警察下車試圖推開大石，還邊嚷嚷的說：

「奇怪了，來的時候沒有這個石頭……。」

話沒說完，從路旁衝出六個人，沒等車內的人反應過來，馬上開槍打死所有穿制服的。幾個人持槍警戒對著第一台車內的李上尉等四人，另幾個人對著第二台車唯一沒有穿制服的便衣隊長。見他沒被上銬，把他拉下車。搜下出他的證件後，都沒等他開口，其中一人馬上一槍朝頭把他斃了。

這場景，李上尉三人都看傻了！

「你們下車，很抱歉沒確認你們身分之前，無法把你們解銬！」帶頭的隊長說。

「我們要先離開這裡，趁夜色到附近樹林躲一躲。」

接著他吆霍其他人合力把屍體抬回車上，然後把車和石頭推下山坡，一行人便急忙往樹林中前進。

莫約走了一小時，一行人來到了林中的祕密小屋。帶頭的隊長首先開口：

「我們救了你們，希望你們可以坦白告訴我們：你們是誰？」

隊長點了一根菸，吐了口氣。

李上尉略顯緊張，一方面考量該怎麼說，一方面直升機在一小時就會到。而無線電還在對方手上，敵我不明……。

「我們不是敵人！」李上尉說。

「但是，如果你不知道我們是誰，爲什麼要救我們？」李上尉回問。

「哈哈哈！」隊長大笑了幾聲。

「敵人的敵人就是朋友！朋友就是要救！你們以爲進了憲兵隊能讓你活著出來嗎？你看看你們的同伴！」隊長不屑的說。旁邊的阿榮，確實快……撐不住。

「好吧，我跟你說，希望你能相信：我們是來自未來的台灣人！」李上尉對著所有人說。

只見隊長輕輕的微笑，等待著他繼續說下去。於是李上尉把基隆號的事大略的說了一下，包括二戰日本戰敗，台灣回歸中華民國，中國內戰，共產黨掌權，國民黨政府遷來台灣。他們是來自二十一世紀，也就是八十年後的台灣。

隊長抽著煙靜靜的聽完，面無表情。

「我知道你們不會相信，但我有辦法證明：一個小時後，會有直升機來接我們，我們需要趕到會合點。跟我們一起，到時候你就會相信。但是我需要無線電，我包包內的東西。」李上尉說。

「直升機？」隊長說。這麼陌生的名詞，讓隊長有點反應。

「在你們這個時代還沒出現的飛機！」李上尉說。

「如果你所說的是眞的，到時候我會還給你。」隊長靜靜地說，並揮手示意，請隊員把李上尉他們的手銬解開。此時，一旁的阿榮劇烈的咳了幾下，地上有著一灘血，李上尉急忙過去拍拍他的背，感受到他的氣息越來越弱。

這時，一名隊員從外面進來，急忙地說：

「有一隊日本警察朝這邊過來，我們要趕快離開。」

隊長覺得不妙，可能是剛剛的咳血聲把搜尋的日本警察引來。當下馬上說：

「帶我們去你們的集合點！」順手把無線電的包包交還給李上尉，但是把手槍扣下。李上尉含淚放下阿榮：一個無辜犧牲的台灣青年！起身接起包包，一行人急忙撤離，隊長指示兩位隊員留下來埋伏。一兵小毛帶著大家走小路穿過樹林，趕往海邊集合點。

一行人加快腳步在黑暗樹林中疾馳，沒過十幾分鐘，遠處可以聽見狗吠聲，然後是黑暗中傳來的槍聲：埋伏的隊員動手了。槍聲持續了數分鐘，就停了。狗吠聲卻越來越近，伴隨著些許燈光從林中透出。

「隊長，你們快走，其他交給我們！」又兩名隊員散開埋伏，剩下一行五人繼續往會合點。

來到了海岸邊，海浪聲夾雜遠處又響起的槍聲此起彼落。直升機還不見蹤影，天上高掛的明月，讓海灘顯的些許明亮。李上尉急忙向隊長要過包包，正當準備聯絡時，幾聲槍聲畫過天際，李上尉突然覺得右臂一陣疼痛，無線電包包整個掉下去，他左肩被用力一拉，是隊長，將他拖到一塊大石後，把原先的手槍交給小周，一行五人四把手槍，背著海以大石當掩護，看得無線電包包近在咫尺，對方的槍聲越來越密集，包括不停的狗吠聲。

突然，槍聲停止，對方傳出一聲：

「你們已經被包圍，趕快投降，雙手舉高走出來！」

莫約過了三分鐘的靜默，對方開始動作。許多人影開始往李上尉他們靠近，可以看出是身著制服手持長槍的憲兵。

隊長和隊員一個示意，隊員開始以手槍猛烈射擊，掩護隊長衝出去搶抓無線電包包。無奈猛不然樹林裡的狙擊手一槍擊斃了隊員，另一槍則擊中了隊長的左肩。

此刻，天空中傳來螺旋葉的巨響，強大氣旋讓日本憲兵的包圍稍微停滯。李中尉趁隙抓緊無線電，不顧出血的右手傷口，急忙撥給直升機！

「有敵人，有敵人，請提供掩護射擊！」李中尉對著無線電大喊。

只見直升機由垂直下降急忙往右迂迴升高，然後以機槍對著樹林做壓制射擊。李上尉也對空發出信號彈，讓直升機確認位置。直升機隨著壓制射擊逐漸降低高度落地，然後小毛扶著受傷的隊長，小周忙著回擊，一行四人衝上直升機。直升機立刻拉高升空，直到槍聲越來越遠去。

隊長左肩不斷滲出鮮血，小毛小周趕忙幫他包紮壓迫止血。強烈的疼痛和失血讓他顯得虛弱。喃喃自語說：

「我失去了五個弟兄換你們三條命，希望你們是值得的！」

四、「過去」與「未來」的衝擊

1. 隊長悠悠的甦醒過來。身旁的醫護兵注意到了，馬上通知醫官過來。

醫官看著隊長稍微痛苦的臉，笑著說：「你死不了啦！子彈打碎了你的肱骨，但是沒有傷到血管神經，不過這左手恐怕三個月才會恢復。」

「傷口已經處理好了，但是你失血不少，緊急幫你輸了六袋血。」醫官說。

「我昏迷了多久？」隊長說。

「才一天！肚子應該會餓吧？」醫官問。

隊長點點頭。醫官指示醫護兵去廚房拿些餐食過來，順便幫隊長傷口換藥。沒多久，作戰長簡中校、輔導長雷中校、還有政戰官李上尉過來看他。

李上尉坐在輪椅上，由一兵小毛推進醫務室。右手的傷口，隱約還可以看到紗布上的滲血。李上尉還有點虛，但是看著隊長已經清醒，也趕著過來。他首先向隊長介紹在座的作戰長、輔導長和醫官。

「現在你在我們船上，該你自我介紹了吧？」李上尉露出略顯蒼白的微笑。

隊長看著四周的船艙，耳朵還響著「直升機」巨大旋翼產生的巨大聲音，然後看著對面坐著的幾位軍官，以及制服上的青天白日國旗標誌。

「你們眞的是從八十年後來的，未來的中國兵？」隊長問。

眾人點點頭。稍早，李上尉已經向大家報告過，隊長大致知道基隆號的事。

「我叫林國信，是中國共產黨台灣地下工作隊基隆分隊的游擊隊長。負責紀錄基隆港的日軍活動，以及基隆地區的日本憲兵隊活動，接洽大陸台灣兩地抗日人士，以及營救抗日份子。」林隊長說。

「你怎麼會救了我們？」李上尉問。

「台灣地區的情報份子我們雖然都有掌握，但是礙於人力，加上日本憲兵抓人常常不由分說，亂抓無辜。所以我就想到一個方法：與其等人被抓再去營救，乾脆盯死憲兵隊的頭。他們去抓人，我們就跟後面。他們抓誰，我們救誰！所以，我雖然不了解你們，但是憲兵隊要抓的人，就是我們要救的人！」林隊長說。

「我看你們動作很「直接！」」李上尉想起當天，林隊長把便衣憲兵拉下車，還沒等他開口，就一槍轟了頭。

「我們的目的是救人！這些日本憲兵平常欺負台灣人，壓榨台灣人，台灣這地方又不是前線，憲兵活口也沒什麼情報分享，直接轟了，了事。我們每幹完一票，就退到瑞芳山區，然後再換一批隊員。游擊戰，我最在行！」林隊長虛弱卻自信的笑著說。

作戰長慢慢的開口說：

「你既然了解我們這艘船的特殊情況，我們也希望對你的組織多了解。畢竟我們現在在同一條船上。對你我，很重要的一點，是彼此必須要知道，對方是可以信任的。」

林隊長聆聽著，點點頭。

「暫時，你好好休養，先吃點東西。很抱歉我現在還不能讓你和你的組織聯絡，此外，也要限制你在船上的行動。晚一點，我身旁這位輔導長雷中校還會過來跟你細談，多了解你和你的組織，對彼此未來的合作會有幫忙。」

醫務兵趕忙把熱餐遞上，林隊長露出了一個滿意的笑容。

2.針對局勢到目前的情況，蕭艦長招開校級軍官會議。包括作戰長兼副艦長簡中校，輔導長雷中校，兵器長謝中校，輪機長張中校，補給長詹少校。

「大家應該都知道目前的情況。我艦現在所在的時空，是一九四二年，也就是昭和十七年的七月。我先向大家報告一下「歷史」，也就是即將的未來：一九四一年的十二月珍珠港事變，同時間日本出兵馬來西亞和菲律賓，一九四二年一月占領新加坡，四月占領菲律賓。五月珊瑚島海戰，而就在上個月，中途島戰役日本慘敗，成爲太平洋戰爭的轉淚點。一九四二年的下半年，美軍開始準備太平洋反攻。如今在西太平以及台灣附近海域，相對是比較平靜。」蕭艦長淡淡的說著。

「然後，根據氣象雷達以及這幾天的海面觀測，未來至少一星期內，天氣並無異象的可能，沒有大風大浪或颱風。這意味著：我們的第一選項：回到二十一世紀，是暫無可能的。我們若持續東台灣海域等待，是無意義的，也消耗儲備。」

「根據補給長以及輪機長給我的資料，食物給養，三個月是夠的。淡水的部分可以上島取得。至於油料，取決於下一步我們的方向。這，也是我請大家來商議的部分。」

「聽聽大家的想法，不要拘束，我們需要任何腦力激盪！」蕭艦長看著大家。

「報告艦長！」詹少校看著大家還是如以往會議的沉默，忍不住出聲了。

「我知道各位長官、學長過往開會常常不喜歡表達意見！但是現在是我艦生死攸關的非常時期！我是補給長，自然以很實際的方式解析問題。我船三百多名官兵，無論省吃儉用，也會有補給的問題！要在這二戰的時空中隱藏自己，只靠採買是不可能！我們是將近萬噸的船，吃油像喝水一樣，油怎麼買？況且，我們連當代的貨幣都沒有！找人投靠？如今這世界就只有三方：投日、投美、投中。三方都打得火熱當中，危險萬分！不如，我想到了一點：我們自沉，然後大家隱性埋名，上岸到一九四二年的台灣娶妻生子！」詹少校看著大家驚訝的表情，對於自己天外飛來一筆的創意，也感到有趣。

「說什麼天方夜譚啊！小詹你這個小子！」輪機長張中校嚴肅的瞪了一眼補給長。

「ㄟ，學長，你想想看：一九四九年國民政府潰敗到台灣，六十萬人擠上台灣。他們人生地不熟，被歷史逼著在台灣生存立足。我們如今三百人不是一樣嗎？不要笑我的想法誇張！艦長說過：全艦人員的生存是我們的第一考量。如果以此來看，這艘全世界最強的戰艦，反而成了我們生存的負擔，懷玉之罪啊！如果我們誰都不靠，走到哪都會被當成敵人。想要找人靠，誰都想拉攏我們，可是這歷史的漩渦會不會把我們吞沒？如果這樣來看，自沉難道不是一個好方法？」詹少校對於自己的見解越說越有自信。

「換個角度想，我們也可以改變歷史。」兵器長謝中校說話。

「我想從另一個角度來切入：二十一世紀的台灣，我們困擾的是什麼？最大的，不就是中國威脅！我們今天在這艘船上，大家都是台灣人，有這樣的機運，有這樣的能力，可以改變歷史。讓二十一世紀的台灣，可以擺脫中國的威脅，這不是一個正港台灣人應該有的責任感！大家想想看，一九四二年，我們的祖父輩，他們一輩子打拼，希望兒孫能夠豐衣足食，犧牲奉獻都無所謂。如今，我們來到這個歷史轉捩點，大家如果堅持一個想法：讓台灣有更好的二十一世紀！則就算我們只是一條船，就算前途未卜，我們也心安理得。」兵器長嚴肅的說。

「那，該怎麼做呢？」輪機長問。

「我們就在台灣，就投靠日本，幫助日本從二戰脫身。不一定要打贏，要脫身。則台灣將避免被中華民國收回，我們以後和中國沒有關係！」兵器長說。

「永遠當日本的殖民地，日本的二等國民？」輔導長雷中校忍不住說。

「二戰之後許多民族自決獨立，或在美國託管之下獨立，都有可能，就算讓日本人統治，應該也強過被中華民國政府占領！」兵器長有點急切的說。

「我說說我的看法！」雷中校說。

「老謝的說法，是根據我們所在的二十一世紀歷史。然而，當我們跨進這個時空，歷史還會照著我們所知的軌跡走嗎？還是已經跨入了另一個平行時空？我們不知道。以我們的情況，投向日本，甚至幫助日本打贏二戰，我們還是我們嗎？一九四二年，是日本軍國主義最盛的時候！珍珠港偷襲美國，南進東南亞打的英軍屁滾尿流，把美軍趕出菲律賓，這樣的軍國主義政府，會聽我們一艘船幾個人的話？改變它的軍事外交政策？可能嗎？甚至，別說那麼遠，日本政府一旦知道我船的威力，我們還有控制權嗎？又不是純正日本人，台灣人的身分，到時候船被奪，人下獄。不可能嗎？」

「憑一艘船要改變歷史，風險太大！」雷中校搖搖頭。

「難道要投中，幫助中國打敗日本，迎接二二八事變？你要我做這樣的選擇，我對不起我的良心。你說投美嗎？最近的美國，遠在幾千公里外。油料補給到不了，我們高掛中華民國國旗，恐怕半路就給日本海軍圍殲了！獅子再強，也鬥不過狼群！只要幾顆砲彈，或一枚魚雷，就可能讓大家葬身大海。」兵器長悻悻然的說。

「作戰長，你怎麼看！」蕭艦長看著簡中校。

「大家說的都有道理，都有重點。我的重點是：首要目的是什麼？全艦官兵的安危。在這個前提之下，即使有必要自沉，都要考慮，這是學弟詹少校剛剛提到的。其次是歷史的部分：我認同艦長先前說的，盡量不要介入改變。包括未知數太多，風險太高都是理由。畢竟已知的歷史，是我們最能掌控的歷史。依照已知的歷史發生的事，是我們最不會有罪惡感的事！這一點，和兵器長的看法或許不同。」

「還有一點，是人道考量。戰爭是殘忍的，無數生命的犧牲。在不可避免許多無辜百姓會犧牲的事實基礎上，已知歷史上記載的犧牲，對我們的人道負擔，是比較輕的。舉例來說：接下來會發生美日太平洋海戰，屆時將有無數的美日水兵漂浮葬身海底。面對這樣的場景，你比較不會有罪惡感。因爲在「我們所熟知的歷史中」，這些人確實在此時此刻死去。可是在上次李上尉的任務犧牲的游擊隊員和台灣人阿榮，這些人是不應該死的，卻因我們出現而死，我們很容易產生罪惡感！未來一旦這樣的死傷擴大到數十數百，甚至加上艦上弟兄的死傷，我們在人道上就很沉重。在戰爭國防學上，抵抗侵略就是來自行爲的正義感！我們用正義感來殺死敵人，保衛國家，而不感到對敵人的憐憫。所以，我贊成盡量不要干預歷史！」作戰長簡中校說。

「或許我們所知道的那條歷史，早已經和現在的我們分道揚鑣了！」兵器長說。

「確實，我無法確定這一點，或許應該說，沒有人能確定。但，我說的還是事實：基於人道，基於風險，我認爲以靜制動。」簡中校說。

「如果基於作戰長的說法，能投靠到美軍，幫助美軍儘速打敗日軍，加速二戰的結束，是最合乎人道以及保全我艦的做法。」補給長詹少校說。

「但是兵器長說的也沒錯，實際上我們到不了美軍的勢力範圍！畢竟一九四二年的這個時刻，美軍還在挨打！」輪機長張中校說。

此時，輔導長雷中校突然開口說：

「剛剛兵器長提到「投中」的問題，雖然看似誇張，畢竟中國此刻沿海地區幾乎都被日軍占領。當年的中國海軍除了自沉長江口阻擋日艦西上之外，毫無作爲。但是如果從反面來想，中國沒有海軍，對我們來說是一個好消息：他無法掌控我們！剛剛大家也提到，今天我們如果選擇投向日本，我們一定會失去這艘船的控制權！日本太需要我們這艘船去打敗美國。我們能夠不配合嗎？可是中國此刻並沒有能力掌控我們這艘船，我們能掌握自己的命運！」

「相對的，東南沿海盡失，中國也沒有能力運補支援我們這艘船？」兵器長說。

「那可不一定，我知道有一個人可以幫我們！」雷中校面露微笑的看著大家。

「游擊隊林隊長，此刻正在我們船上！」雷中校說。

「他？」眾人驚呼。

「這兩天我基於職務蒐集了他的背景，組織以及活動情況。根據他的說法，日軍雖然掌控中國沿海，但受限於人力，除重要城市以外，其他地區都是他們活動地區。畢竟根據中共中央游擊戰的指導原則，以「鄉村包圍城市，化整爲零。」一直是他們的游擊作戰原則。「敵進我退，敵疲我打，敵駐我擾，敵退我追！」毛澤東的名言。在此情況下，海峽兩岸的接駁游擊一直是中共駐台游擊隊在掌握。當然，要裝備整個軍隊是不可能，但是運補一艘船的油料食物飲水，根據他所說的組織，我猜測是沒有問題。這一點，我也向艦長報告過了。」雷中校說。

蕭艦長點點頭。

「大家剛剛在討論時，我就想過。生存第一，運補問題必須解決。在這戰亂時代，維持自主性也必要考慮。這樣的情況下，和游擊隊合作，解決運補問題。雖然名義上是站在中國這一邊，但是中國也無能力控制我們。下一步再看看歷史的發展！歷史如果不受干擾，我們熬過三年時間，二戰就要結束了。或許未來有機會，我船的科技可以幫助民生科技的更快速發展，加速戰後的生活的改善。」雷中校補充說。

這樣說，引起了眾人的議論紛紛，慢慢的，大家不約而同地把目光投向蕭艦長。

人道，改變歷史，補給，自沉，投美、投日、投中？蕭艦長心中也沒有答案，他閉目沉思了一下。說道：

「今天先到此爲止，大家下去休息吧。」

3.傷勢穩定了以後，林隊長被轉移到軍官休息室休養。由於不能亂跑，加上對於「未來歷史」的強烈好奇心，他要求看守他的衛兵提供他許多關於「未來」的圖書。從二十世紀以來的世界歷史大事，到現在火熱進行的世界大戰，以及即將到來的戰後世界：日本戰敗，中華民國收回台灣，二二八事變白色恐怖，國共內戰，中華民國政府退守台灣，韓戰，中美共同防禦，美蘇對抗冷戰。中國共產黨內部的政治鬥爭，大躍進大饑荒，文革，中美和解，改革開放，以及進入到二十一世紀的中美對抗。有太多太多的事，和他想像的未來不一樣：尤其是中國的命運和台灣的命運！對他而言：在這之前，這是一個問題，而從今往後，未來的歷史告訴他，這是兩個問題！太多太多「未來的事實」衝擊著他，讓他幾乎承受不了！

此刻，有人開門進來。走在前面的是輔導長雷中校，然後是作戰長簡中校、兵器長謝中校，以及最後走進來的：蕭志偉艦長。

輔導長依次向林隊長介紹了這艘船的指揮中心長官。告訴來意：艦長想親自和他會談。

沒等大家開口，林隊長迫不及待的衝出口說：

「你們告訴我，這些書上寫的都是眞的嗎？」

林隊長右手按著身上的兩本書：二戰太平戰史，以及冷戰後的世界史。

蕭艦長點點頭。面對這樣直接的回應，林隊長有點氣餒。

「不好意思我失禮了，只是這書上寫的對我而言眞的衝擊太大了。我們這麼努力，犧牲這麼多人，沒想到遠遠不夠，戰爭還要這麼久，結束了這些，還有韓戰、越戰、冷戰！在國內還有國共內戰，兩岸分裂！我們中國什麼時候才能夠完成國家統一，人民安樂生活？」林隊長說著說著，眼光泛出些許淚光。

「你們不能改變這些嗎？聽說你們的船很強大，比現在的日軍美軍更強大，可以輕易的消滅整個艦隊不是嗎？我們同樣都是中國人，打敗日軍，趕走日本人，讓戰爭結束，國家趕快統一！」

「你是台灣人嗎？」蕭艦長問。

「我是台灣基隆人，當然，我也是中國人！我雖然漢語說不好，但是讀漢文，寫漢字！」林隊長自信的說。

「我們也是台灣人，我高雄人，這些長官都是台灣本地出生的。」蕭艦長親切的說。

「未來要怎麼做，我們自然會有我們的考量。但是請相信我的承諾：我們雖然來自未來，但都是台灣人，爲台灣的未來，人民的幸福打拼。這點，是我們的共識。你相信吧？」

林隊長點點頭。

「二次世界大戰的規模遠超過你我的想像，是國家能力的對抗。我們這艘船雖然是來自未來，但是能起多大的改變，我們還不知道。但是我們所做的任何決定，都會本著上面的前提：爲台灣人未來的幸福著想！不過在這之前，我們需要你的幫忙！」

「我們需要透過你們組織的運作，取得我船需要的油料、食物以及飲水！」

蕭艦長對林隊長說。

林隊長吐了口氣，沉思了一下，緩緩的說：

「以我組織的能力，我認爲是可以做到！然而，有兩件事情，你們必須答應我：首先，不能做出任何幫助日本人的動作！日本人對台灣人的欺負實在是太壞太壞了！其次，這件事必須通報到黨中央，才有可能做到。到時候黨中央會有什麼指示，我希望你們可以配合。」

「你是指中共黨中央還是國民黨中央？」兵器長問。

「我是中共黨員，當然直接受命於中共黨中央。但現在國共聯合抗日，國民政府中央勢必也會知道這件事。」林隊長說。

「只要不違背剛剛我說的：以台灣人利益爲前提，我願意答應。」蕭艦長肯定的說。

「請前往廣東汕頭，並讓我有方法聯絡上我的組織。」林隊長說。

第二章

一、第一次接觸

1.日本人在福建和台灣經營許久，地方組織比較嚴密。但相對於其他幾個沿海城市，則選擇和地方軍閥以及親日份子結合，控制比較鬆散。然而地方豪強及親日份子對於官僚體系早已疲乏：地方軍閥也好、國民政府也好、現在日本人來了都一樣，有錢就好！甭管錢從哪裡來，就是要刮一層油。日本人就吃了燒餅，地頭蛇撿些芝麻。兵荒馬亂，人命如草芥，求生存是人性。

汕頭這個地方，在福建廣東交界處，確實是一個三不管地帶。以這個地方隱匿與補給，是個好選擇。對於未來，蕭艦長接受暫時與中國合作。國民政府也好，共產黨也好，能達到補給的目的，也比較有把握維持主控權。至於內部不同的意見，等爭取到足夠的時間，大家可以從長計議。

蕭志偉艦長心中，是這麼想的。

於是決定之後，通信官周少尉馬上和游擊隊林隊長溝通，確立的彼此後續聯絡的方式；補給長清算出補給內容，包括所需的油料清單。於幾天後的夜裡，讓林隊長攜帶足夠的通訊裝備，用直升機將他送回台灣本島，請他透過組織聯絡大陸方面，部署後續的補給物資。預計一個月內，到達汕頭海域會合。

前往汕頭的航線，是個選擇。往北要經過沖繩海域，然後繞行台灣海峽。這地方接近日本本土，空中偵查十分頻繁，台灣海峽海象不穩，又有澎湖的日軍基地，很難不被發現。直接往南似乎是比較安全隱密的作法：沿著台灣東海岸南下，藉由長程空中和海面搜索雷達，基隆號可以選擇天黑前進。天亮則避開陸上偵察機的範圍和主要航道，往西太平洋三不管地帶偏移。然後穿過巴士海峽，往廣東汕頭直奔。這樣算下來，雖然耗費幾個星期，但一個月內綽綽有餘。船上給養暫時充足無虞，足以應付。

正式啓航的第一個晚上，蕭志偉艦長對全艦發表談話：

「各位基隆級1801基隆艦的全體弟兄，我是你們的艦長蕭志偉。從出航到現在這段時間，感謝大家的努力付出，讓本艦安全、順利的執行任務。然而，大家也知道，在經歷了一星期前的風浪之後，我們的船遇到了一個不可思議的狀況。經過我們的確認是：本艦穿越了時空，來到了一九四二年六月的時空。也就是說，我們現在處在一九四二年七月的時空。」

聽到這樣的消息，全船傳來許多驚嘆聲！原先許多懷疑與猜測的人，此刻紛紛露出不可置信的表情。

「除了時空改變外，我們處的地點並沒有受到改變，依舊是在台灣外海。也就是說，我們先前被賦予的任務：和日本海上自衛的聯合軍演，已不復存在。現在，我們外面的世界，正處於二次世界大戰時期，半年多前日本偷襲珍珠港，六月份剛發生中途島戰役，日本此刻已經占領菲律賓以及馬來西亞、新加坡。而我們身旁，我們所熟悉的台灣島，現在不是中華民國台灣，而是屬於日本占領的海外殖民地。美軍此刻還在南太平洋準備發起反攻，將和日軍在索羅門群島發生許多戰役。」

「此刻，我艦新的任務是：生存。」蕭艦長停頓了一下。

「身爲本艦的艦長，還有所有領導各位的軍官，首要的責任，是保衛全船每一份子的生命安全，包括讓本船以及所有官士兵得到適當的給養。其次，是避免我船捲入現在正在進行的世界大戰。在一九四二年，以我船的能力當數全世界最先進的戰艦。然而大家都知道，二次世界大戰是人類歷史上犧牲最多，戰事最慘烈的戰爭。以我孤船一艘，一旦捲入，恐怕凶多吉少，危及每個人的安危。」

「基於以上的考量，我船接下來的任務是：前往運補地點接受中國方面的運補，其次是儘量避免暴露行蹤捲入戰鬥。最後是：我們不放棄任何可以回到二十一世紀的機會。以上，是我爲大家做的說明。」

每晚星夜，全艦加速往南，白天則迂迴到西太平洋，如此數日，終於越過鵝鑾鼻，轉入巴士海峽。數日的平靜航行，蕭艦長可以感受到大家的心情稍微放輕鬆了。開始偶爾會打打屁說點輕鬆的笑話。最常被提到的，都是想去看看爺爺的家！

在指揮室，蕭艦長看著遠方一望無際的昏暗海天，作戰長簡中校拿了一杯咖啡遞給了他。

「咖啡消耗的很快！能喝就喝吧！」簡中校笑著說。

「先前大家都太緊繃了！」蕭艦長說。

「艦長，不可否認的，幾天以來，艦上不斷有不同的聲音傳出。」簡中校故作輕鬆，輕聲說。

「小朋友們年輕氣盛，都有一匡天下的志氣。來到一九四二年，我們從一艘老船變身爲全世界最先進的戰艦，很多人傳出『改變歷史』的聲音。」

「我想，當我們闖進這個時空，歷史就已經改變了。我們所認知的歷史，是否還存在於我們未來？已經沒有答案。」蕭艦長喝了口咖啡，嘆口氣說。

「恐怕二十一世紀的問題，會蔓延到一九四二的現在。艦長應該知道，「反中氛圍」在我們離開二十一世紀的基隆港時，是普遍熱烈的存在。如今我們來到歷史的源頭，小朋友們無不摩拳擦掌，想要倒轉乾坤。」簡中校說。

「他們和老謝的想法一樣！」艦長點頭說。

「如今許多人聽說我們將前往大陸汕頭，接頭補給的又是共產黨！對您，有許多批評之聲。」簡中校說。

「說我什麼？」蕭艦長停了一下，微轉頭問了作戰長。

「說您是外省第二代，本來就親中，明知道我們可以利用這機會幫助日本脫身，避免以後台灣讓中國統治，卻不肯作為！」簡中校說著。

「如果對我的政治立場沒信心，戴總統能讓我帶領大家和日本海自聯合演習？」蕭艦長哼的一聲說。

「我們都了解，就怕小朋友們不了解。就怕緊急時候這種猜忌會擴大！畢竟未來的路還不知道怎麼走。」簡中校嘆了口氣。

2. 扣、扣、扣！報告艦長，作戰長請您馬上到指揮室！

蕭志偉從床上跳起，一看錶：四點！應該是有緊急事務，趕忙穿上衣服到指揮室。

眼前，兵器長及作戰長都在。

「報告艦長，聲納發現有一艘潛艦一直跟隨著我們！目前無法明確辨識國籍，他一直和我們維持魚雷射距外，但是一直跟著。」

「應該是日本潛艇！二戰的柴電潛艇航距有限，美軍不可能跑這麼遠。應該是從高雄或菲律賓來的。」蕭艦長說。

「他一直跟著，又不發動攻擊，顯然也無法確定我們的身分。如果是這樣，它一定會聯絡，請陸偵清晨過來確認。」蕭艦長說。

「到時候，我們要做什麼反應？」作戰長請示艦長。

「艦長，此刻的日本，到底是敵、是友？」兵器長問。

「攻擊我們的就是我們的敵人！這個問題，應該要問日本人！」蕭艦長說。

「我們加速前進，希望在黎明前甩掉潛艇！他的航速慢，又顧忌我們只敢潛行，我們有機會甩掉。」

「電戰中尉把對空搜索雷達和2D對空搜索雷達功率開到最大，我們離台灣近，菲律賓遠，隨時注意陸上偵察機，尤其是從南台灣起飛的。」蕭艦長說。

「從這裡一路到廣東汕頭，南海海域都沒有可以隱匿的地方。我們要做好接觸戰鬥的準備。」作戰長說。

蕭艦長點點頭。

「先靠速度。」

時間一分一秒的過去，電戰中尉緊盯著雷達，反潛上尉緊貼著耳機，大家都沉默不語。突然間，反潛上尉放下耳機，笑著對大家說：「我們甩掉潛艇了！」

大家鬆了一口氣。卻沒想到電戰中尉馬上接著說：

「報告艦長，雷達發現兩架飛機，應該是從屏東大鵬灣方向飛來的陸偵！距離大約三百公里，時速約四百公里！」

「艦長，等到陸偵飛入兩百公里標二的射程範圍，標二可以在兩百公里外就把它擊落。這距離在目視距離之外，他無法確認我們位置！然後他們就算再發動陸偵出來，如此一來一往我們可以爭取到兩小時以上的時間，可以改變航路迴避。否則如果偵察機發現我們，後面就是幾十架的零式！」作戰長急切的說。

「艦長，你眞的不考慮和日軍做進一步的接觸？」兵器長輕聲的問。

「現在不是討論這個的時候！目前只能一切按計劃走。」蕭艦長肯定的說。

「照作戰長計畫，進入射程後，把這兩架陸偵擊落吧！」蕭艦長下令。

兵器長沉住氣，雖然不認同，但此刻的他，也只能執行命令。

「標二準備！鎖定雷達目標一及目標二」兵器長下達指令，射控兵重複命令。

「雷達鎖定目標一及目標二，座標確認。」射控兵重複命令。

「發射飛彈！」兵器長下達指令。

「飛彈一發射！」射控兵回報。

「飛彈二發射！」

二枚標準二型防空飛彈依序射出，拉出長長的煙幕。

「雷達導引……飛彈導引……目標一命中，目標二命中！」射控兵抬頭看著兵器長。兵器長冷冷的回報：「報告艦長，目標摧毀！」

「電戰繼續注意台灣方向是否有後續動作！」作戰長叮嚀說。

「作戰長調整航路，全速遠離本海域。重新規劃航線。」蕭艦長下令。

「海空雷達全功率開啓，避開所有可能遭遇的船艦飛機。」蕭艦長輕聲的對作戰長說。簡中校點點頭。

此時射控兵突然忍不住拭去雙眼中的淚水，眾人有點驚訝。

「我剛剛殺了兩名的台灣同胞！」他忍不住哭了。

一旁的電戰兵輕拍他的肩說：「他們可能是日本人！日治時代台灣人能當飛行員的人不多啦！」

「他們從台灣飛過來，就是台灣人啊！」他突然情緒潰堤。

「你沒有做錯，你遵照命令擊落他們，是爲了全艦官兵的生命安全！」作戰長說。

「死去的人，不會知道！」兵器長冷冷的說。

3.經過了兩星期多左右的航行，基隆號總算出現在汕頭外海。和游擊隊林隊長聯繫了以後，大致計畫如下：游擊隊將會派五個人上船，首先引導基隆號前往隱密峽灣隱藏。食品飲水的給養沒有問題，油料的部分，則桶裝分散在附近兩個村莊。由於缺乏碼頭裝載吊掛設備，這些都只能靠小船送到基隆號旁再吊掛上去。如此情況，預估至少要一星期的時間。為避免引起注意，作戰長指示：基隆號一下錨，全船馬上安上偽裝網。

「他們人上來，你和兵器長去接待。運補的路線和對方可以活動的範圍，要嚴格畫出。編成警衛隊，船舷和運輸過程要保持警戒，都要配實彈。提醒小朋友們：衝突是有可能的。」蕭艦長叮嚀。

「艦長您不出面？」作戰長問。

蕭艦長嘆口氣，緩緩地說：

「未來的時間，誰是敵，誰是友，都還不知道。二戰正打得火熱，恐怕我船非戰之罪，但懷璧其罪啊！所以堅守神祕，做最少的接觸，還是安全的。對我們的補給，不論是由日軍還是國民政府，都將會是一種交換。一旦他們確定我們的強大火力，不可能不讓我們上戰場，打倒敵方！對中國而言，國弱民窮，對日本而言，此刻美國睡獅已醒。面對強大的敵人，都會想把我們揣在懷中！如今我們選擇接受國民政府的運補，對方會給出什麼要求，還不知道。」蕭艦長說。

蕭志偉保守沉穩的個性，在這個時候表現無遺。他知道，是這樣的個性，讓戴總統選擇讓他帶領艦隊出航，儘管他是所謂的「外省第二代！」。否則一旦由戴總統的軍系人馬出此任務，恐怕會興奮過了頭，壞了事。由蕭志偉帶領，一方面個性沉穩，一方面反對黨也見不著縫來批評，顯示政府用人唯才。

船一定錨，對方的小艇已經在一旁等待。首先是游擊隊林隊長和幾位相關人員上船，作戰長和兵器長帶著警衛隊的小朋友迎上前去。

「林隊長，這段時間不見，傷勢恢復的如何？」作戰長親切的問。

「沒事，好多了，但左手還沒辦法使，不太方便。」林隊長笑著回答。

「這位是我的上級指導：國民政府馮專員，一旁是他的助理。其他五位是負責接引補給的我方人員。」林隊長一一介紹，彼此也握手示意。林隊長強調馮專員和助理特地從重慶過來，會說國語。

「你好！你們的船，確實……不一樣！船砲不大，只有兩座？有特色，有特色！」馮專員東張西望的忙看著基隆號，一旁的助理則仔細的注意著人員的動向。一行人被引導到直升機庫的小艙室，這是作戰長刻意安排的。

「雖然要儘量不露底，但是也要讓他們知道、相信我們有能力，不是詐騙集團！」作戰長不斷想起先前蕭艦長的提醒。

對方三個人看著一旁的反潛直升機，馮專員忍不住懷疑問：

「這東西……眞能飛上天，不用翅膀，不用跑道？」

沒等作戰長回答，林隊長就笑著說：「眞可以，我還搭過呢！」

「首先，我開門見山的說！」作戰長一句話，把大家的注意力拉回桌面上。

「諸位都知道，我們雖然來自八十年後的中華民國台灣，但目前我艦的立場，並不隸屬於任何一方，乃獨立運作之船隻。各位不用擔心，我們不會投向日軍，但是我方也不隸屬於國民政府。我們感謝國民政府提供的補給，但國民政府對我船的要求，我方有決定權。」作戰長嚴肅的說明立場。

馮專員此刻也面露嚴肅的說：

「我方目前只有一個要求：貴艦不得與日方以及我政府任何敵對勢力合作！」

「就這樣？」作戰長問。

「就這樣！」馮專員露出了笑容。接著說：

「請貴艦放寬心，國民政府積極抗日，但也心胸寬大，對各位的運補是基於舉國一心團結的衷心，不會肆意犧牲各位！」馮專員肯定的說。

「你們未來的動向如何呢？」一旁一直沉默的助理突然問了這問題。

「我們的未來，會由我們全體船員共同決定！」兵器長突然答話。

接著彼此就運補細節大致推演：首先爲避免日軍的注意，選擇黃昏以及清晨天未大亮時期。其次爲了安全起見，林隊長的游擊隊已經滲透進駐周邊兩個村莊，幫忙警戒以及看守運補物資。對於雙方的安排，彼此都感到滿意。於是議定後，馬上開始動作。

作戰長和兵器長目送著對方小艇離開。作戰長對著兵器長說：

「那個馮專員不是大咖，身旁的助理才是！如果我沒記錯，他是：戴笠！」

「我見過照片，應該是他沒錯！」作戰長肯定的說。

聽作戰長這麼一說，兵器長略顯吃驚的說：

「表示我們是直接和蔣介石接觸！」

4.幾星期前，重慶國民政府，委員長辦公室。

戴笠開門進來，蔣委員長示意他坐下。侍衛馬上遞上一杯熱茶。蔣介石開門見山的說：

「台灣方面消息，出現一艘來路不明的「軍艦」。報告指稱：來自八十年後的中華民國，船員均別中華民國國旗章，可通國語、台語，部分日語。船上領導號稱不屬於日、美、中任何一方。」

蔣介石拿起桌上的資料念了一下：

「整船的量體，達到戰列艦的規模，但武器配屬，只有兩座船砲。高椲稈，有類似雷達的裝置，號稱可以在數百公里外擊毀目標。」

「這些你看過了？」蔣介石抬頭看了一眼戴笠。

戴笠點點頭。說：

「資料一送來我就看過了。雷達這技術，美軍不久前才裝配在他們的船上，還不普及。至於數百公里以外擊毀目標？聽起來是天方夜譚。根據報告的內容，八十年後的中華民國台灣？預言：戰爭會在一九四五年結束，我同盟國這方贏得勝利，戰後世界淪爲美蘇對抗，日本成爲美國附庸，台灣回歸我中華民國。如果照這樣的說法，對我抗戰是一大鼓舞！」

林隊長在呈送報告時，考量到共產黨未來的發展，故意將戰後國共分裂以及國民政府敗亡台灣的部分隻字不提，以免增加事情的複雜度。

蔣介石閉上眼，沉思了一下說：

「如果這預言是眞的，是眞的就太好了！如果是假的，一點意義都沒有。日本偷襲珍珠港，把美國拉入戰局。但是歐洲戰局正熾，太平洋的部分，美國還在另一端，短時間顧不上我們，頂多透過印緬開始對我輸送美援！打日本，我們要靠自己，自己人打！。」

戴笠點點頭，接著問：

「是不是，把資料給美國，請美國確認一下是不是他們的船？最新的船？因爲報告中也提到：船上的標示都是英文爲先，中文加註。」

「先不要！」蔣介石搖搖頭。

「我可以確定，美國目前沒有這樣的船，沒有幾百公里外擊殺對手的能力。不可能是美國的船！一旦把資料給了美國，插手進來，我們就失了主控權。美國屆時只有兩個選擇：控制它，編入美國艦隊。或摧毀它，避免它落入日本手中！」

「雨濃！這件事你要親自帶領，跑一趟廣東汕頭！」蔣介石嚴肅的說。

戴笠點點頭。

「首先，確認這一切的眞實與存在！船是眞的？人是眞的？最重要的是戰鬥能力是眞的？你要親自去看，親自去證實。其次，同意對這艘船的給養，請閩粵組織工作的人全力支持，但記得：事屬高級機密，能知道的人越少越好。尤其是共產黨方面！」

「對台的地下工作和游擊工作，早先都是中共建立的。包括這件事的接頭，許多人也都是共產黨員。這件事要瞞過共產黨，恐怕有難度！說不準，延安那邊已經得到消息！」戴笠說。

「知道是一回事，不能讓他們插手，是你的工作！就跟對美國一樣，不要讓事情複雜化。美國方面也要密不透風，避免他們介入。」

「最後，我要告訴你：如果這艘船真的有特別的戰力，不管是不是八十年後來的天方夜譚，重要的是：必須是「我們的」祕密武器，懂我意思嗎？」

蔣介石盯著戴笠。

「我知道，必要的時後，要拿下這艘船！」

戴笠說。

黃昏時刻，蕭志偉艦長在指揮室親自督促著油料運補。看著一臉疲倦的作戰官，說了句：

「老簡，你累了好幾天，下去好好睡個覺。這將近一個月來，我們雖然戰戰兢兢，但是畢竟不算是戰時勤務，你可以稍微放鬆，一些工作我會重新再分配。」蕭艦長說。

「快一個月，大家都悶壞了。唯一能聽到的外界聲音，就是廣播電台。只是這戰時都是新聞宣導和戰爭宣傳，皇軍如何如何勇敢勝利！美、中被打得潰不成軍……等等。好枯燥啊！」通信官周少尉伸個懶腰，發發牢騷。

「就當成日文練習啊！」旁邊的戰情中尉笑著說。

正當大家稍微輕鬆了一下，作戰官也打算回寢室好好睡一覺。一開門，卻和兵器長對個正著。

只見兵器長謝中校一眼嚴肅，看了作戰長點頭示意一下，直接走向蕭艦長。他遞給艦長一張紙，表情肅穆說：

「報告艦長：這是全艦一百多名官兵的連署，要求招開全艦官兵大會！」

整個指揮室陷入了數秒的靜默。蕭艦長打開連署書，看了一下。靜靜地說：

「理由？」

「報告艦長：身為軍人，服從乃為天職。我等一入國軍，均宣誓服從長官指令。不論是演訓，實戰，我們都謹遵這樣的誓言。首先我要代表連署官兵強調，我等沒有任何違抗叛亂的意思。」

蕭艦長點點頭。兵器長接著說：

「然而，現在情況不同。我們的處境，已經不是接受任務，完成任務這麼簡單。我們闖入二戰時空，誰是敵人誰是朋友，完全取決於我船未來的動向。以往在台灣所說的「同島一命！」現在我們是同船一命。這樣的情況之下，我等連署官兵覺得有需要取得全船的共識，來決定下一步。畢竟，我們的能力，我們的情況，任何決定，都會對未來歷史產生重大改變！」

「請艦長招開全艦官兵大會。」兵器長說。

「老謝，你不要逼艦長！」作戰長轉身回頭說。

「我傳達船上官兵的願望，誰說我逼艦長！」兵器長說。

「你就是想要改變歷史，改變我們來的二十一世紀台灣。可是你有沒有想過，這樣可能帶來我們無法控制的後果！」作戰長說。

「老簡！我們從來就無法掌握未來，你曾經感到恐懼嗎？不會吧！因爲我們有信念，相信往好的方向努力，就會有好結果。我們所認知的歷史，是不是就是我們將要面對的未來，我們都說不準。但是如果不能團結全體官兵，確定未來努力的信念，怎麼創造好的未來！從二十一世紀來看，選擇日本是不好的，是法西斯的，但是那是在無法改變的情況下。如果我們可以改變，讓日本早日放棄戰爭，讓二戰早日結束，也可以讓千千萬萬人免於犧牲！」兵器長說。

「我不贊同積極介入、試圖改變歷史！」可能是長期的疲累虛脫，作戰長突然激動的說。

此時，通信官周少尉突然站起來說：

「報告各位長官，有消息！」

眾人把目光投向他：只見他默默拿下耳機說。

「剛剛監聽廣播，日本帝國新聞社剛剛發表重大新聞：大本營首相東條英機因身體不適請辭獲准，天皇任命石垣莞爾將軍接任日本首相，領導大本營。」

「我們的歷史已經改變了！」

二、石原莞爾

1. 日本，東京皇居。

裕仁天皇屏除左右侍從官，只留下石原莞爾。沉默了一陣子，天皇慢慢的開口：

「可問愛卿，東條將軍目前可安好。」

「稟告陛下，東條將軍目前被妥善安置在一處，雖暫時無法有人身自由，但是衣食用度充足。我向陛下保證，東條將軍生命絕對安全，請陛下放心。」石原莞爾恭敬的回答。

面對石原恭敬的態度，昭和天皇卻顯露出萬般無奈。這個國家在經歷了日清戰爭，日俄戰爭的勝利，立足於世界列強之列。然而，也一步步走向軍國主義。從一九三一年（昭和六年）的「三月事件」與「十月事件」，造成帝國陸軍與海軍的分裂，然後是五年後，關鍵的一九三六年（昭和十一年），由皇道派發起的「二二六事件」之後，昭和政府完全掌握在軍人手中。裕仁天皇空有天皇的名義與政府的最終決策，但是實際上淪落爲橡皮圖章的角色。

猶記得決定珍珠港事變前夕，裕仁向大本營詢問：和美國的戰事，預計多久結束？大本營豪氣的回覆：三個月！裕仁聞此，爲之一驚！當年中國問題，大本營也是預計三個月結束：中國政府將失敗投降。如今已持續數年不止！更糟糕的是，中國境內的戰事，一直沒有受到重大挫折。東條大本營根本不放手，也撤不了手。一直被勝利逼著追擊，期待中國政府投降，卻越陷越深。

爲此，裕仁天皇不時感到恐懼。一直到數月前，石原莞爾的秘密覲見。

石原莞爾，成名於關東軍作戰主任參謀，策劃了對中國東北的九一八事變和滿洲國的成立。然而，由於對中國的作戰策略，與東條英機截然不同：強調日本最大的敵人是蘇聯，主張「不擴大方針」，有限度的對中國做戰。然而東條主政，石原雖升任京都留守陸軍第十六師的中將師團長，但畢竟是個閒差，且隨後被一路降職。就在去年（一九四一年，昭和十六年），連著被罷免職務，編入預備役。在這次政變之前的石原，是賦閒在家的身分。

裕仁記得是五月份，第一次祕密到訪的石原，說了一個小故事：

「天皇陛下，在我任職於大日本關東軍參謀時，駐紮在寒冷異常的滿洲國。冬天的夜裡，往往會有野狼來騷擾農舍。滿洲人很聰明，知道狼性嗜血，於是在冬夜裡狼出沒的地方，設了許多陷阱。怎麼做？先用一把鋒利的匕首倒插於地上，刀刃上有滿滿的新鮮雞血，再淋水成冰柱。半夜時分，野狼飢渴難耐，聞血而至，馬上狂舔雞血。不一會兒功夫，冰融刃至，劃破舌頭，更多的鮮血湧出。可是天寒失感，野狼只見鮮血越舔越多！越是興奮，則越多越舔。不至天明，狼已身死一旁。」

石原靜靜地說。

裕仁知道石原的意思！

對中國戰爭連戰皆捷，中國毫無抵抗能力，只能不斷後撤。好像中國是個大農舍，充滿的誘人的牲口。我們這隻孤狼，自以爲享受著鮮血的美味，卻可能走向生命耗盡，自取滅亡的結果。可是，大本營怎麼可能放棄這到口的美味鮮血？

當初預計中國人會投降，然後以中國資源對抗俄國。結果沒有！反而引起美國的石油禁運。於是爲對抗石油禁運，又挑戰美國，偷襲珍珠港！預計可以癱瘓美國太平洋艦隊至少半年時間？結果沒有，就在六月份的中途島海戰，美國打敗了大日本海軍的聯合艦隊。

石原接下來陳述的日、美戰爭的後果：日本終將戰敗，成爲一片荒土，數百萬國民傷亡，無家可歸。更可怕的是：美國以威力巨大的原子彈，一瞬間將廣島以及長崎夷爲平地！除了當下數十萬國民死於原爆，日後還有數十萬國民因爲輻射傷害在痛苦中死去。

裕仁天皇聽到此刻，靜默沉思。

「愛卿，你如何能證明你的推測呢？」裕仁緩緩地問著石原。

「請稟陛下，我不能！」石原的直接回答，讓裕仁嚇了一跳。

「陛下，歷史這種事，只有事實能夠證明事實。還沒到來的事實，我沒辦法證明。就算我說得再有道理，陛下不一定相信，大本營不一定相信，三本五十六不一定相信，更別說東條首相，他絕對不信！因爲，相信大日本終究勝利的人，只有事實能反駁他。對東條將軍而言，勝利就算機會渺茫，也不是沒機會。渺茫的機會只要成爲事實，就是百分之百的事實！」石原靜靜地說。

「那朕如何能相信你？你怎麼確定你的預測是準確的？」裕仁接著問。

「陛下，我不是預測，我是『知道！』」石原滿臉自信，微笑的說。

「但是要不要相信我，是陛下的智慧。我不期待陛下現在相信我。但是，隨著時間的進展，陛下會一步步相信我所說的一切是眞的。」

於是接下來這世界的一切變化，果眞都如石原一次次向天皇密報的，完全吻合。歐洲戰場的進展，德蘇戰勢的消長改變，以及大本營的戰略規劃：中途島作戰。都在還沒發生前，由石原的口中告知裕仁天皇。

於是就在中途島戰後，一九四二年的七月，石原再次密訪裕仁天皇。這一次，他有自信，要帶著天皇的信任離開。

「愛卿，你是如何能準確預測，中途島戰役聯合艦隊的失敗結果？」裕仁天皇問。

「啓奏陛下，我說過，我不是預測，是『我知道』！」石原莞爾露出慣有的自信微笑。

「我沒辦法證明，但如今陛下應該相信！」

裕仁嘆口氣，點點頭。

「陛下難過的，不是中途島戰役的聯合艦隊。陛下心中難過的，是我曾經說的日本未來，經過了這段時間，已經證明都是事實！這也意味著，這場戰爭持續下去，將如我所說，最終會有數以百萬計的天皇子民，在戰爭的痛苦中死去。」

石原看著裕仁天皇，突然倏不及防的站起來，然後以傳統的跪拜大禮在裕仁面前跪下！

「請天皇陛下念在大日本百萬黎民百姓的生命，允許臣推翻東條內閣，重組大本營軍部。如此才能改變我大日本的敗亡命運！」石原磕頭輕扣地板，伏趴在地上。

裕仁起身，站了一會。然後走下御座，將石原莞爾扶起。

「唯有陛下的全力支持，臣才能在推翻東條內閣後，繼續鞏固大本營的領導，引導大日本帝國走向和平，與世界各國共存共榮。」石原恭敬的說。

「朕答應你。」裕仁天皇靜靜地說。

「但是有幾件事，你要承諾：首先，不能奪取東條將軍的性命。東條將軍畢竟是朕的肱股之臣，你們都爲朕做事。戰爭的走向，是政府政策的選擇，最終都是由我一個人負責。東條將軍不可以死！」裕仁天皇嚴肅的說。

「他如果死了，只會造成你和他部屬的決裂。他人脈廣闊，這樣不利於你的領導。留著他，也可以脅迫他的黨羽從命。」裕仁補充說。

「其次，和美國、中國的謀和，土地方面，以日俄戰爭之後，本國之地以外，可以捨棄。超過於此，恐國人也恕難同意。不能爲了美、中謀和，傷害國人團結之心，朕意爲此。錢財的部分：可以放棄對外的掠奪，但不能接受戰爭賠款。這幾年的戰亂，國家財物負擔沉重，國人忍辱已深，不應該再加重國人的負擔。」

「敢問陛下，國土不可喪？則台灣如置可否？」石原問。

「台灣嘛……台灣……」這一問，裕仁陷入了思考，呢喃著。

2.石原莞爾當然有他自己的想法。

首先，這時候的大日本帝國，太需要一些失敗，來避免輸掉戰爭。

其次，要爲這場無止盡的戰鬥設下終點，否則，將如滿洲國的野狼，滿嘴自己的鮮血，慘死在田野中。

軍人，只知道戰爭，妄想透過戰爭解決問題。但是政治，才能結束戰爭。

於是，和美國一樣，石原也需要這場失敗的中途島戰役。根據「邱先生」的說法，聯合艦隊共損失四艘航母，一艘重巡洋艦，所有艦載機以及最可貴的三千五百名專業的海空軍士官兵。美國需要這場勝利來扭轉太平洋的戰局，大日本帝國需要這場失敗，來挫敗三本五十六的海軍本部從偷襲珍珠港事變之後的氣焰。石原自已也需要這場失敗，來堅定裕仁天皇的決心，和他一起對東條英機集團發出最後的一擊，挽救日本敗亡的命運。

最後，也是最重要的，這場失敗的戰役，將成爲日美和談的第一個台階。

從四月份開始，他和「邱先生」宛若一個旁觀者，看著未來的世界一步步成爲「邱先生」口中的歷史事實。和天皇的心情一樣，越是肯定，越是悲喜交加。喜的是，日本如果繼續作戰下去，一切符合他所預料。悲的是，數百萬計的生命喪失，日本將成爲一片焦土。

如今東條集團被推翻，天皇任命，由他來組織內閣及大本營。接下來，他必須帶領日本創造未來。

首先是對美作戰的部分，無論如何必須停止！美國的體量太大，工業產值超過日本五十倍以上，日本是不可能打贏的。美國的物產豐饒，他要的不是傳統帝國主義國家對世界的掠奪和土地的占有，美國要「主導世界秩序和金融秩序」。日本不能利誘，也無利可誘！引導美國和日本和談，首先是對中國及東南亞的撤軍，包括讓出已被日軍占領的菲律賓。這些對美國的最大意義，是顯示日本帝國是一個「可以談的」帝國。然後再藉由外交溝通，讓美國了解：和日本停戰，空出另一隻手加速歐戰的結束，也避免蘇聯在二戰後期的壯大。如果讓英美在西歐迅速戰勝納粹德國，屆時歐戰終止時，英美可以順利推進到東歐。如此就可以成功的避免東歐在戰後成爲蘇聯的禁臠。

美國的有識之士早就意識到：納粹、日本終將失敗，「美國未來最大的敵人是蘇聯！」因爲美國要的是資本主義的金融秩序，而蘇聯的共產主義是不可能融入。

如果美日能提早和解，日本轉入同盟國陣營，共同對抗蘇聯。這一點，才是能吸引美國的蜜糖。美國人最美好的終戰版圖，將是英美聯軍兵鋒直抵東歐蘇聯大門口，亞洲有日、中聯合圍堵蘇聯。讓蘇聯乖乖地待在西伯利亞當一隻孤獨的北極熊。

至於對中國的部分：日本皇軍在中國肆虐數年，在美國沒有對日宣戰之前，蔣介石山窮水盡，只剩下民族主義口號在抗日。

眞正拖住日本的，是中國的空間：眞是百足之蟲，死而不僵！

皇軍一直贏，但是中國不肯亡，皇軍反而被拖住。但反過來說，蔣介石的國民政府太好利誘了，因爲國民政府已經一無所有！如果日本放棄支持一九四〇年三月三十日成立至今的汪精衛南京政府，蔣介石減少一個政敵，放棄華北華中占領區，回到一九三七年中國所謂七七事變前的態勢。這對蔣的國民政府，是有一定的吸引力。

但日本必須堅持滿洲國的存在！日本需要冀北和滿洲國作爲對蘇聯的緩衝區。這點，中國應該不會同意，必須有所補償……。

怎麼補償，讓中國能接受？石原心想：中國願意放棄滿洲地區，日本將承諾支持中國對蘇聯取回外蒙古的主權。外蒙面積夠大，中國也需要外蒙作爲對蘇聯的緩衝。

如果不夠，還有……「台灣」？

想到此，石原陷入了兩難。

一個是剛成立的滿洲國，一個是日本已經經營四十餘年的台灣島。日本對前者沒有感情，對後者有養育之恩，否則「邱先生」也不會如此幫助他。但是就敵我態勢而言：對抗蘇聯，日本需要滿洲國。對抗美國，日本需要台灣和東南亞。一旦日美和解，滿洲國不可拋棄，台灣可有可無……。

況且除了戰略地位，滿洲國還有一個重要的角色：成爲日本能源的供應者！美日的對抗，起源於美國對日本的能源禁運，迫使日本南下占領印尼的油田。如今必須有新的能源來源，這一切戰略才能實現！

滿洲國的大慶油田！位於黑龍江的大慶油田，如果「邱先生」說得沒錯，將在未來的一九六〇年成爲世界十大油田之一。日本未來要能順利轉向，維持發展，這將是石原戰略的基礎。

滿洲國不能讓！要堅持！

那……「台灣」？

往後日本將聯美、中，制蘇聯。放棄南進，讓出太平洋給美國。在此戰略下，「台灣」似乎是可以放棄的，作爲讓中國接受和解的最後一顆糖……。

「但是……」石原停頓了一下思緒。

「邱先生」不會同意的！不過，「未來」的事，必須由我來主導，必須以日本的最大利益作爲最大的考量。

石原莞爾漸漸的肯定了自己的想法。

其實蔣介石還有一個軟肋：中國共產黨！祕密承諾蔣介石，協助中國反共作戰。消滅中共，穩定國民政府政權，將成爲日、中的合作默契。

最後，也是石原最大的挑戰，是在內閣和大本營內部。如何鞏固，領導這一群人和他一起扭轉日本的命運？

首先是他對天皇的承諾：保證東條英機的生命安全！也以此爲要挾，逼迫東條派與我合作。於是軟禁東條的地點，必須異常隱密，完全斷了和外界的聯絡！畢竟石原莞爾的大日本帝國轉向工作，工程浩大，時間漫長，不能讓東條內閣有任何復辟的機會。

其次，如何統一大本營內部的意見？海軍部在經歷中途島的重大損失，暫時低調。這也是當天皇出來支持他擔任首相，三本五十六的海軍部並沒有強烈反應。但是陸軍部這邊，他必須有所安排。

根據邱先生的說法，他還需要：一個關鍵的失敗，一個成功的救援！

石原莞爾想了想：

「就在瓜達爾卡納爾島。」

3. 在基隆艦上。

全艦官兵大會，預計在一星期後，運補完成前舉行。對於這樣的決定，「雙方」都可以接受！

「雙方？」同船一命，絕對領導，一直是海軍船艦的基本原則！一個載著「雙方」的軍艦，是沒有戰鬥力，隨時可能敗亡！心想到此，蕭志偉艦長不禁嘆口氣！

此時正站在岸邊，注視著峽灣停泊的基隆號，「助理」戴笠，也心感不安。這幾天來，他的小隊想藉著補給的互動，努力滲透、了解這艘船。希望除了這艘船的硬體之外，多了解這艘船的人員。

腦中不斷響起蔣委員長的話：

「爲我所用就是咱們的王牌，不爲我所用，必要時寧可毀了它！不能有任何偏向敵方的可能。」

基於默契，戴笠同意國民政府工作人員只能在船隻特定的動線活動。雖有這樣的規定，戴笠推測，同樣說中文的彼此，依常理很容易因互動突破下層士兵的警戒面，藉由情感交流蒐集情報。

然而，結果卻出乎意料之外！

下層的士兵，隱約透露出一種對他們的敵意？言詞中的防禦密不透風，態度上的不屑表露無遺！是反國民政府？反中國人民？抑或是：共產黨地下組織的煽動？

不可否認的，抗日期間的國共合作，是各懷鬼胎。表面上共產黨接受國民政府的領導，實際上是徑渭分明！國民政府知道共產黨在搞組織壯大，但國民政府明著要聯合國際社會和日本打硬仗，自然也顧不了共產黨。唯一做的，是守住國家資源，尤其是美國參戰之後的美援，讓共產黨自生自滅！無奈的是，共產黨死不了，反而在抗日民族號招下，發展了綿密的地下組織和游擊工作。共產黨強力且煽動人心的宣傳：「共產！」加上抗日激起的民族意識，馬上讓底層人民和共產黨組織迅速結合在一起，尤其在日本占領區！

在內地，共產黨在國民政府的管制之下，得不到活水。但在日寇占領區，國民政府鞭長莫及，地方百姓視共產黨爲抗日唯一力量，暗中資助。尤其是東南沿海閩浙廣的地下組織、台灣的抗日游擊隊，許多人都有共產黨員的雙重身分，在抗日的共同目標下努力。委員長常說的：「共產黨人包藏禍心！」這話，在這裡根本不管用。抗日志士，地方鄉紳，游擊武裝紛紛都靠共產黨人聯合組織。表面上服膺國民政府領導，抗日統一戰線，實際上政府號令有限。

這裡的一舉一動，延安毛澤東清清楚楚。當然，也包括這艘船！

回到眼前的這艘船：和現在的戰列艦完全不同，這麼大的體量，只有兩門五寸砲。據說武器系統是藏在船艙內部，靠的是艦砲後方的雙管發射架。可以在百公里外擊殺敵人！這點，經過情報偵查，應該是可以確定的。艦內的人員，都可以通國語，當然也包括台灣土話。看著船員制服上的青天百日徽章，是很令戴笠感動的。

「曾幾何時，我國能夠擁有這樣的大型戰艦？」戴笠深深的感嘆著！

只是，青天白日的感動，國語互通的親切感，總是在面對士官兵的冷淡回應後，硬生生消失無蹤。意外的，反而是面對蕭艦長及高層軍官，讓人感到些許同胞的溫暖。可能基於兩點：需要我們的補給，以及我們目前沒有能力威脅他們的領導。

戴笠這樣推敲著。

根據游擊隊的林隊長在艦內所查詢到的「未來歷史」，同盟國終將贏得勝利，台灣也會回歸祖國。既然是未來是同一國，怎麼會有這樣的態度？看著林隊長和船員用台灣土話熱切的交談著，他彷彿成了局外人。確實，除了他自己帶的親兵之外，廣東台灣的游擊組織往往對他陽奉陰違，而林隊長確實是共產黨員，問及戰後國共兩黨的合作情況，總是諱莫如深。

不論如何，內部會議時，戴笠也不客氣的直接說：

「最高委員長的指示，要密切注意這艘船的動向。確保在我方掌控之下，絕不能投向日方！必要的時候，甚至要摧毀它！關於這點，馮專員布置得如何？」

「報告局長，這幾天的互動，我方已充分掌握這艘船大致的情況。最終行動分為兩部分：對內控制狹持船員，對外布置炸藥摧毀。對方雖然只允許我們最多十人上船，但我方這些人都是菁英。這點，林隊長應該最清楚。」馮專員說。

「林隊長，我方抗日戰爭異常艱辛，現在正是日寇赤焰最盛的時候。這艘船對中國的抗日勝利將至關重要。你雖然來自台灣，但一直以打倒奴役台灣人的日本法西斯為職志。蔣委員長對這艘船的指示，不論是哪一黨派或地方人士，應該都是贊同的吧！」戴笠特別對林國信說。

林國信知道，戴笠這話，是說給他這個共產黨員聽的。畢竟一旦動用到「奪船」這最後手段，一定要通力合作才能成功：結合他的游擊組織以及軍統局的領導。確實，國共最大的敵人是日寇，而延安確實也沒有進一步的指示，戴笠這番話，他是認同的。

「報告局長，我隊絕對接受委員長的指示以及局座的領導。當然，人不親土親，對於這艘船，希望能建立合作，不必動到最後手段。」林國信說。

「報告局長，最近有察覺到艦內的騷動！」馮專員說。

「剛剛提到關於這艘船的走向，根據線報，艦內預定招開全艦官兵大會。」

「有一股親日勢力在抬頭！」馮專員說。

4. 石原坐在辦公室，助理遞上一份報告：海軍部發現台灣海域附近一艘來路不明的船隻。潛艇發現後，台灣空軍防衛司令部派出兩架陸偵後，飛機失蹤，船艦消失。根據潛艇的軍報，類似美軍的大型水面戰艦，但沒有大口徑艦砲和配備海上偵察機。

石原看了一眼，淡淡的說：「請海軍部積極追查，是否是美國的新式戰艦！」

對石原而言，現在還有未來，最重要的是對美、中的祕密談判。滿心的急切，卻必須面對不能超之過急的進展。美國人是務實的，會考慮他的條件。中國是一無所有的，蔣介石獨裁領導，這種情況下停損，他有得有失，他會考慮。眞正讓石原困難的，是日本自明治維新、日俄戰爭到偷襲珍珠港的將近半世紀中，所積累下來皇軍戰無不勝，攻無不克的民族情緒！

幾天後美國將在瓜達爾卡納爾島登陸，日本需要這一場失敗。

中國重慶，國民政府中央軍事委員會祕密會議。

蔣介石說：

「各位同志，日本外務省透過泰國外交部祕密遞交『和解文書』至我國駐泰國大使館。首先希望中、日捐棄成見，達成和解，聯合抗俄。承諾放棄一九三七年七七事變之後，除日本租界以外的地區，對我國的所有占領。雙方以冀北爲緩衝區，不派駐軍隊。日方願意在『道歉』與『補償』上，做進一步的討論。」

眾人一聽，爲之一驚。

蔣介石繼續念：

「日方的條件：承認滿洲國的獨立，日本需要以此爲根據地，對抗蘇聯的擴張。日方強調：一旦中、日同盟，滿洲國也有助於協助我國驅逐蘇聯的勢力，取回外蒙古地區。」

「黑水白山換外蒙古荒漠草原！」蔣介石抬頭看著大家，露出無奈的表情。

「最後，日方同意放棄支持汪精衛的南京政權，駐華日軍一部分軍官將協助國軍整備，讓國軍集中精力對抗蘇聯以及蘇聯的中國代言人——中國共產黨。日軍願意提供國軍所需要的武器裝備。」

蔣介石放下手上的密報，看著大家說：

「有什麼想法，都可以說說！」

「就日本人的看法，似乎是公平的交易。東北換蒙古，退回七七事變前的占領區。然後呢？九一八事變以來我犧牲的軍民同胞，淞滬戰役的幾十萬國軍，南京大屠殺的三十萬軍民，賠點錢了事？甚至，強調不是賠償，是補償！要我說，日本人對我國的傷害，幾代日本人都賠不了！」祕書長張群難掩氣憤。

「如今美國已參戰，日軍也在中途島吃了大敗仗！美援也開始進入我國，雖然這一切看起來不像日寇敗亡的開始，但至少，也是我們失敗的結束。雖然戰爭應該還要持續一段時間，但我方軍民同心，抗日決心正盛。此刻和日寇和談，恐怕……失了民心！」副參謀總長白崇禧說。

「況且，一旦我們能堅持到最後的勝利，東北、蒙古、台灣甚至朝鮮都會回到我中華民國的懷抱，不需要跟日本談！」白崇禧說。

「白將軍說得很有道理！但是，不可否認，我們打的很辛苦！國軍和國民能不能撐得住，是個問題？否則也不會生出汪精衛這樣的漢奸！現在日寇還不見頹勢，汪匪集團繼續吸引著抗戰意識薄弱的國人，我們內部又有共產黨幫著蘇聯在扯後腿。單靠著民族意識，著實令人擔心。畢竟打仗也打錢糧武器！信心這種事，撐不住怕會整個崩盤！到時後會不會什麼都沒有？」孔祥熙部長管著錢糧，知道國家一窮二白。

眾人對此開始議論紛紛。蔣介石最後說：

「談，可以慢慢談。看看日方的底牌是什麼？東條被拉下來，換上石原莞爾，這人物是滿洲國的始作俑者，自然不會放棄滿洲國。但是他確實是主張與我和解，撤軍。我們打得困難，日本也是！日寇的爪牙伸的越遠，氣體越虛。只要我們撐的住，日寇終將會失敗。重點是，到時候，我們會要的比現在多嗎？美國勢必會主導戰後的局勢，屆時，還有北方貪婪的北極熊！會不會到時後我們贏了戰爭，一樣丟了外蒙和東北。大家別忘了庚子侵華的教訓，俄國占了東北不還！」

「讓外交部慢慢去跟他們接洽，慢慢談，把日方的底牌弄清楚。慢，是重點。時間還是對我方還是有利的！況且，日本是個軍國主義國家，和我們媾和，內部能不能擺的平？東條被拉下來，東條的勢力還在。戰事吃緊，石原莞爾不可能像史達林那樣的清洗政敵，他要能搞定內部的意見才做得到。這些，都需要時間。切記，談，慢慢談，一切都談，想從日本那裡拿回來的都要談。」

「還有，這事絕不能公開，否則民眾將質疑政府抗日的決心，別忘了，還有個共產黨在見縫插針！」

眾人點點頭。

「至少也要加個台灣吧！」白崇禧說。

蔣介石點點頭。

在基隆號員工餐廳的全艦官兵大會，三百多名士官兵擠得水洩不通。

兵器長對著麥克風大聲疾呼：

「各位，歷史已經改變了，石原莞爾成爲日本首相！這個一九四二年的時空，和我們認知的並不相同了。也就是如果我們順著我們所熟悉的『歷史』，『未來』也不會照我們的『歷史』前進。既然如此，我們何不奮力一搏！大家想想看，未來的台灣有什麼問題？中國威脅！就是中國威脅！不論是藍綠對決，外交困境，這一切的來源都是中國威脅。身爲台灣人，如果有能力改變台灣的未來，爲子孫謀幸福，就應該奮起。基於這點，我就不讚成毀船自沉！身懷利器，必須有所作爲。所以我建議以我船的實力，幫助日本，及早脫離二戰，避免無條件投降，讓日本有條件結束戰爭。做得到嗎？大家或許不知道，石原莞爾在歷史上是主張有限戰爭論，認爲日本應該對美、中和解，全力對付蘇聯。如今，他擔任首相，勢必往此方向努力。如果能做到這樣，亞洲太平洋戰爭早日結束，日本避免了原子彈的攻擊，千千萬萬的人將免於犧牲。當然，台灣可能留在日本國內，未來的台灣，將成爲如琉球一樣的日本領土。」

「中國不會有意見嗎？歷史上說蔣介石對台灣主權的索回非常堅決！」有人突然問。

兵器長冷冷地笑著說：

「蔣介石一介屠夫，多少台灣人死在他手上！他所圖的，不是台灣人的幸福，而是歷史的美名罷了。如果中國和日本眞的以台灣爲角力，我們也要要求日本：可以接受台灣讓美國託管，之後採取島民自決的方式決定未來的前途。絕不能落入中國手中！以這個前提，作爲和日本合作的條件！」

眾人一陣喧嘩，但也傳出不少附和、喊好的聲音。兵器長自信滿滿放下麥克風，在場主持的輔導長雷中校依序招呼想發言的人上台發言。蕭艦長指示：會議儘量讓大家暢所欲言！畢竟，這是全船的未來。充分溝通，決定方向，對蕭艦長不也是鬆了一口氣。畢竟「未來」已不是他們熟悉的「歷史」。

作戰長嘆了一口氣，輕聲的對著蕭艦長說：

「我總覺得，老謝的想法，太一廂情願。」

蕭艦長看了看場面，輕聲地對作戰長說：

「老簡啊，不可否認的，歷史已經改變了，我們正走向另一個平行時空的『未來』！大家背負著二十一世紀的台灣困境，自然有避免中國威脅這樣的想法。理性來說：和中國合作，就是和美國合作，可是美國太遠，本身就有能力打敗日本，我們的存在，對美國戰略意義不大，和自沉無異。弟兄們想日本合作，想大幹一場。因爲我們都是軍人，軍人最不願意的，就是放下武器！」

「可是，您就眼睜睜的看著大家走進危險？這些人對戰爭的殘酷太不了解！以爲戰爭是手遊，是打電動！」作戰長急切的說。

「我是艦長，是軍人，我的工作，是執行政府的命令。政府是民意民主所組成的，我就是接受與執行。如果我們的民意是如此，我會去執行，也會盡最大的能力保護大家的生命安全。我們現在是同船一命，如果我硬要違背大家的意志，我如何能有效領導？就如民主政府受人民託付領導國家，卻不依民意而行，一定會下台。」蕭艦長靜靜的說。

終於，來到了投票時刻。之前也爲了是否要官兵票不等值，產生爭議？蕭艦長裁決：這是本艦每個人的生存未來，每個自由意識的官兵票票等值，不因階級有分！

選項三個：一、毀船自沉，各謀生路。二、和中國合作。三、和日本合作。

「不論和誰合作，我們的目標都是儘早結束戰爭！」

蕭艦長對大家說。

於是，眾人依序起身投票。

入夜以後，星夜當空。戴笠和馮專員，以及林隊長在辦公室等待消息。對基隆號的運補只剩下收尾，將在明天完成。戴笠先前已得到消息，艦上官兵將在今晚招開大會，決定未來的方向。

「準備好了嗎？怎麼部署？怎麼動作？」戴笠問林隊長。

「報告局長：今晚的大會，雖然船舷守備依舊，但是眾人多在餐廳集會。預計先以摸黑小船靠近，爬繩梯壓制守備。然後數十艘待命小艇依序登船，以優勢兵力控制船隻。第二步，守住餐廳出入口，就在餐廳狹持大部分士官兵。」

戴笠點點頭，叮嚀說：

「不要使用炸藥，以步槍為主，避免傷了船體。這艘船，將會在我們對日作戰起大的作用。對於對方人員，必要傷亡不可免，但是要減到最低！我們還需要他們操控這艘船。」

此時，一名工作人員急促敲門進來。三人望著他，問：「如何？」

「報告長官，剛剛得到情報，船內親日派大勝！」

戴笠等三人馬上起身。

「動手！」

三、汪洋中的一條船

1. 正當大家在餐廳高聲歡呼，決定與日本合作，「創造」全新的二戰歷史。

警衛排少尉突然衝進來高喊：

「報告艦長，船舷守備隊被一群黑衣人突襲，持槍歹徒正朝餐廳進攻！」

眾人大驚，馬上把目光轉向蕭艦長。蕭艦長立馬起身下令：

「兵器長馬上率領槍帆小隊增援警備隊，馬上阻斷對方的增援。所有人領槍後馬上回到單位，進入第一級戰備。老張，輪機趕快啓動，船艦馬上離岸，讓敵人無法增援。老簡，你和我馬上回到指揮室指揮！」

前門已經可以聽到門外的槍聲，眾人從後門及緊急通道撤離。作戰長緊跟著艦長從緊急通道往舷梯方向，準備爬上指揮室。一上舷梯，夜色下可以看到從岸邊出發的小艇不斷的往船邊靠過來，隱約可以聽到人群的騷動。

戴笠，是戴笠沒錯！這一定是他指揮的奪船行動，才有辦法調動這麼多人。作戰長心想。

此刻，作戰長突然靈機一動。拉了一下艦長的衣袖，示意艦長：他有辦法解決敵人！瞬間反身往舷梯下方移動，逆著人群往後甲板衝去，他要儘快到反潛室。

後甲板槍聲不斷，警衛隊還在和摸黑上來的游擊隊槍戰著。反潛長高聲喲和著：

「要壓制住這些人，才不會有更多人爬上來！」轉身看到作戰長冒著槍聲到後甲板，稍微吃驚。

「長官，您來幹嘛？」反潛長吳上尉說。

「聽我命令，壓制敵人，清空甲板。反潛直升機升空，用空中火力壓制小船，斷絕外援。上船的這些人沒有退路，就不用怕！」作戰長說。

反潛長一聽，馬上了解作戰長的意思。於是集中火力壓制後甲板的敵人，馬上把反潛直升機拉出來。直升機旋翼開始運轉，逐漸加快，巨大的氣旋將還在攀爬上船的游擊隊紛紛吹落！

「多帶兩挺機槍！」作戰長喊著。

反潛長比著OK的手勢，親率兩名槍兵帶著機槍跳上反潛機。一升空，就可以看到密密麻麻的小船不斷的靠近基隆號。

「我們從船尾方向往船頭飛去，對小船做壓制射擊！」反潛長對駕駛大喊。

於是兩艇機槍對著岸上方向的小艇狂掃，而反潛長則以步槍解決已靠船邊的小艇人員。

小艇上的林隊長原先對這樣的人海戰術充滿信心，雖然會有傷亡，但應該穩操勝算。十餘艘小艇不斷努力往基隆號划去，天空突然出現轟天巨響以及強大的氣旋，許多小艇還沒來得及反應就翻覆，接下來則是狂瀉而下的機槍聲！

幾乎沒有人見過這樣的飛天機器，直升機對著手划的慢速小艇，簡直是火雞射擊！林隊長心想：不妙。這場景彷彿又拉回他之前在海灘受傷那晚的情形，這個未來時代的產品：直升機，就這樣輕易的把他的狼群戰術給化解。此時一個氣旋側浪，林隊長也跟著被甩入海中。

反潛直升機來回兩次的壓制射擊，小船紛紛翻覆或停止前進。此時基隆號已經啓動，轟隆隆的引擎聲，讓已經爬上船的游擊隊感到絕望，紛紛跳下船。剩下已經進入船艙來不及逃走的幾個人，也只能棄械投降。

迎著遠方海平面初露的晨曦，基隆號緩緩地在峽灣中前進。兩岸茂密的樹林以及暗藏的淺灘，在缺乏引水人的情況下，只能以聲納掃描慢慢前進。放心的是，對方已經完全放棄，沒有追隨的蹤影。

蕭艦長拿起麥克風，對著全艦廣播，報告情況：

「各位弟兄，昨晚大家都經歷了本次出航以外的首次衝突戰鬥。如今我們已經擺脫對方的追擊。遺憾的是，這次的衝突，我方有三名警衛隊的弟兄不幸犧牲。船體除了受到輕微的彈孔，沒有其它硬體的傷害，根據推測，對方是想要劫持我們，取得本船的主控權。」

「根據昨晚的全艦官兵大會投票的結果，本船未來的動向，將尋求與日本的合作。加上昨晚的衝突事件，我方也無法再與中國國民政府合作。我已經請作戰長擬出路線，研議與日方合作的模式。我艦與日方的合作，並不是要以我方的能力，幫助日本打贏美國。而是藉由互動與交流，讓日方理解積極尋求和解，避免終戰毀滅，才是最著要的目的。所以我們將堅持我艦的主導權，協助日本在未來的戰役中減少損失。但我們也避免積極參加戰鬥，畢竟全艦官兵的性命安全，是身爲艦長的我，最重大的責任！」

蕭艦長放下麥克風，指揮室響起了稀稀落落的掌聲，是兵器長。

「艦長，謝謝你！」兵器長說。

畢竟，兵器長原以為以蕭艦長的背景，難免會被大中華主義所牽絆，沒想到艦長能從善如流，接受這樣的結果。

「不必謝我，這是大家的決定！我的工作，就如同政府一樣，執行人民的意志！所以，我是以全艦的團結與未來做考量。」蕭艦長平靜地說。

此刻，基隆號即將要駛出汕頭海面的峽灣。沒有了水中暗沙的威脅，基隆號加大馬力，就像是初醒的蠻牛，大口吐氣準備狂奔施展筋骨！

遠方的紅霞隨著日出逐漸加強。突然，正對著東方的日出，往台灣望去的方向，天空中出現了許多小黑點！

電戰中尉驚呼！船一使出峽灣，沒有了岩石壁障，雷達掃描一張開，螢幕上馬上顯出一堆光點，直接朝基隆號奔來！

「東方出現機群，估計約六十架，分成兩波。第一波距離：五十海哩！」電戰中尉大喊。

「雷達鎖定所有戰機！」作戰官不等艦長指示，馬上下令。

「別急！」蕭艦長馬上說。

蕭艦長心想：如果使用防空飛彈，馬上會消耗掉所有的防空飛彈。以螺旋槳戰機的速度四百多公里，投射魚雷射程二十公里來計算，若以五寸砲的射程為二十六公里，最快每分鐘可以發射將近二十發，雷達設控的方式，是可以一一擊落，如此就可以節省飛彈消耗。當然，風險是有的！至於俯衝轟炸機，可以近迫防禦系統摧毀。畢竟二戰時期戰機轟炸爲求命中，會盡量逼近船艦後才投彈。這樣算起來，對方六十架分兩波的進攻，是可以排除的。

畢竟防空導彈是本艦的法寶，用來對付船隻比較划算！

蕭志偉盤算著說：

「根據二戰的戰法，戰機靠近我船以後，會分高、低兩波。高空以俯衝轟炸機投彈，低空以機載魚雷攻擊。高空部分以近迫防禦系統鎖住，低空魚雷威脅比較大，以五寸砲瞄準，一旦進入射程就馬上將它擊落！」蕭艦長下令。

2.「報告艦長，依照方向，這波應該是從台灣起飛的日本軍機！我們不是才決定和日本合作……」設控少尉語帶遲疑地說。

「現在情況緊急，我們不能冒這個險！等撐過這一波，再尋求和日本接觸！」兵器長馬上說。是不是昨晚的衝突，引起了日本人的注意？或者，日本人早就注意到我們？

作戰長腦中閃過許多可能。但是無論如何，即將衝過來的六十架戰機絕對不能掉以輕心！一顆炸彈，一枚魚雷，就可能讓基隆號沉入海底。這是戰爭！這是作戰。

時間一分一秒過去，果然敵機開始分層散開，上下左右，背著陽光，典型的二戰戰術，就像是電影裡所見的情況。不同的是，當年用的防空炮形成火砲網，如今的時代是精準打擊！

就讓這些日機大吃一驚吧！

六十架台灣航空守備隊的日軍機隊，由田中隊長帶著兩個中隊的零式機群，正自信滿滿衝向基隆號！

大約幾個星期前，大日本帝國海軍駐菲律賓的潛艦發現了這艘沒有國籍，長相怪異的船艦。只有兩座小砲，連防空炮都沒有，指揮塔的配置，更是從來沒見過。隨後由台灣屏東派遣的兩架陸偵，在搜尋的途中失蹤。東京大本營研判，是美軍的新式作戰艦。如此一來，就不得不緊張了：爲什麼在日本控制的海域會有一艘美軍的戰艦？大本營不敢掉以輕心，研判船隻發現的方位以及可能的走向，開始密集的追查。終於根據情報顯示，廣東附近發現有異狀！情報人員翻山越嶺，兩天前終於發現這艘船。峽灣地區不好發動攻擊，於是緊密追蹤，發現今晚船隻有衝突，並且開始移動，確定朝駛出峽灣的方向前進。田中馬上招集台灣航空守備隊，計畫在清晨發動攻擊。

機隊逼近預計目標，田中發號施令，重複叮嚀各小隊依照計畫依序攻擊。

「今天終於要大顯身手立功了！」田中心想。

畢竟戰爭進行這幾年，台灣航空守備隊一直沒有機會建立戰功。

正當田中看著依序上下左右散開的僚機，自信滿滿時，冷不防的左右僚機突然就被擊中爆炸，無線電傳來驚叫聲。田中加速馬力，往上拉升，滿心疑惑：目視都還難看到船，就可以擊中我機？

「各機作最大幅度散開，敵船位置從火砲方向可以判斷，就位於我軍正前方。敵艦只有一艘，沒有艦載飛機，天空會是屬於我們的。各小隊盡量靠近敵艦，投放魚雷與炸彈後散開。轟炸小隊跟緊我！」田中對著無線電大喊。

看著我機一個一個被擊落，田中接著喊：

「敵人有遠距離精準打擊的能力，魚雷小隊馬上開始投放魚雷！然後跟轟炸小隊一起拉高，掩護轟炸小隊投彈！」

「山田，帶著你的小隊爬升到最高，然後俯衝投彈！高空對艦砲是死角，他們無法完全避開！」

田中心想：六十架戰機，包括魚雷小隊做扇形開射、轟炸小隊由上自下投彈，就不信沒辦法擊沉你。

然而，卻看著身邊的僚機一一被擊落。

在基隆號上，船首尾的五寸艦炮不斷的發出砲擊，近迫防禦系統也開始針對敵方爬升的戰機開火。日機第一波三十架次被擊落大半，但是仍有十餘架戰機開始分批爬升。

「注意敵機高空俯衝，會鑽進方陣快砲的死角。標二隨時準備，高仰角敵機直接發射擊落！」作戰長指示。

「標二鎖定，發射！」兵器長指示，射控官馬上下按鈕。

接下來的景象，讓田中隊長看傻了：遠方的敵船上升起兩道如火箭般的攻擊，會自動轉向朝的我方飛過來。一瞬間，又將兩台僚機給擊落！

會轉向的火箭？彈無虛發，可以打下戰機的艦砲？還有速度快到看不清的機槍彈霧？這艘船，到底是何方神聖！

田中急拉操縱桿，飛機幾乎以最大仰角往上爬升，身旁僚機不斷被擊落！已經犧牲這麼多，他一定要找到空隙投彈，報一箭之仇！

四架魚雷攻擊機終於找到空隙，投下魚雷。然而由於距離太遠，魚雷軌跡明顯，基隆號急忙左滿舵迴避，也順便拉大「距離」，順利閃過。畢竟，「距離」此時對基隆號是明顯優勢！

如今，第一波攻擊只剩下俯衝轟炸了！

田中靈機一動，呼叫山田：

「我們躲到雲層當中，再俯衝攻擊！」

於是剩餘的四架俯衝轟戰機馬上鑽入雲層，利用雲層掩護。

「什麼時候往下衝？」山田問。

田中閉眼一想，只能憑感覺了……然後大喊：

「衝！就是現在！」

天皇保佑！一衝出雲層，果然看見基隆號就在眼前海上。眾人欣喜，田中馬上補充：

「不要散開，分兩波首尾投彈！」

他想，就算第一波被擊中，煙霧和爆炸會掩護第二波投彈！

此時，基隆號指揮室人員，對著頂頭突然冒出的幾架飛機大吃一驚。兩枚標二馬上發射，設定引爆，第一波的兩架被擊中墜落。隨後又從煙霧中跟著衝下的兩架，放下了炸彈。

炸彈急速落下，重力加速度加持下越來越快！

蕭艦長一行人屏氣凝神，這數秒的時間彷彿一輩子！

「右滿舵迴避！」蕭艦長大喊，所有人抓緊扶手。

就這樣，一顆炸彈落在左側海面，一顆炸彈擊中左舷船側，巨大的爆炸讓整個船身劇烈晃動。不少人都震落地板上。爆炸後，蕭艦長從指揮室看出來：左舷上層被炸破一個洞，船首五寸砲管損毀。

田中高興的歡呼起來！然而一轉眼，就看見山田的座機被擊落！他強忍著憤怒，對著第二波攻擊機下達指示：

「所有攻擊機爬升雲層當中，無法目測，用距離計算攻擊時間，俯衝攻擊！這一波，我要把你這艘幽靈船炸上天！」

此時，無線電突然傳來一陣指示：

「停止攻擊！」

「什麼？」田中對著無線電大喊。

「停止攻擊！」

無線電中的聲音，堅定而且沉穩。

爆炸的轟隆聲還在耳中，蕭艦長和指揮室各軍官完全無法鬆懈！

「敵機第二波五分鐘進入射程！」電戰中尉說。

「報告艦長，是不是全力動用標二將他們擊殺？萬一再來一次像剛剛的轟炸，我們不一定受得住！」作戰長憂心的說。

蕭艦長閉眼思考，然後點點頭。此時，電戰中尉突然說：「報告艦長，雷達顯示敵機朝台灣方向退去……。」

「爲什麼？」作戰長不解的問。

電戰中尉搖搖頭。

此刻，通信官周少尉突然放下耳機，對蕭艦長說：「報告艦長，對方要求無線電通話！」

「對方是誰？」蕭艦長問。

「對方自稱是：邱錦洲！我們的……邱副艦長！」

3. 一九四二年三月。

邱錦洲從半昏迷中驚醒，發現自己正躺在一艘漁船上，全身濕透略帶哆嗦。

他咳了幾口水，船上的漁民見他醒了過來，用台語問他，驚訝的發現他可以溝通。然而，制服上的中華民國徽章，讓這些人認定他是「敵對的中華民國人」。一上岸，他就被日本憲兵帶走。他才發現，他已經穿越到一九四二年。

沒有幾個人能夠活著離開憲兵隊監獄。但是，日本憲兵對他的供詞越來越迷惑，也激起了一些興趣！這個人是瘋子嗎？滿口說他是來自未來的台灣人，可以預知台灣日本未來的前途，他是來幫助日本人的！他流利的日文，卻有許多沒聽過的詞彙以及特殊的語調。

這一切報告與資料，一路由台北往東京傳送。經過了東京大本營參謀本部第三部，來到通信課大尉津野田知重的跟前，引起了津野的興趣。津野決定親自前往台北，和這個自稱是未來的台灣人談一談。

在拘留所中，津野看著這個號稱未來的台灣人，不是三頭六臂，也不像是個瘋子。

「我要見石原莞爾，他會了解我所說的！」這個台灣人用流利的日文對津野大尉說。

這點，倒是不難。石原在去年被編入預備役後，東條英機已經對他解除監視與管制，他正賦閒在家。而石原，也正是津野十分崇拜的戰略家。

不可否認日本的少壯派軍人，多數是東條軍國主義的支持者：讓中國投降，和美國隔太平洋分治。創建大東亞共榮圈，由日本來領導亞洲，和西方帝國主義頂足而立。然而，也有許多理性派的少壯軍人，對於日本不斷的擴大戰爭，陷入泥沼感到憂心。

石原莞爾正是因此而提出：「不要爲石油打仗！」

當年日本爲了入侵中國，受到美國能源禁運，爲了能源，南下東南亞奪取橡膠和石油。以大日本帝國的規模要控制數十倍大於自己的勢力範圍？豈不貪心不足蛇吞象！一旦失敗，恐怕玉碎……。

只是，這樣理性的聲音，是不見容於當下。石原被下放到預備役，就是東條示範的殺雞儆猴！

然而，眼前這個中國人？抑或日籍台灣人？抑或中國籍日本人？雖然還看得出憲兵隊刑求的浮腫與瘀青，整個人顯得虛弱無力，但臉上仍透露出無比的自信與沉穩。

「我要見石原莞爾！我是爲了大日本帝國和台灣的未來。」邱錦洲緩緩肯定的說。

這句話，確實是邱錦洲這段時間的思考結論。

當邱錦洲發現自己穿越時空來到一九四二年。從被台灣漁民救起，被抓到憲兵隊審問，被刑求拷打，他就開始思考這個問題：他能做什麼？他該做什麼？在二十一世紀的年輕歲月，日本這個國家就有許多方面吸引者他。國家乾淨，整齊，人民彬彬有理，是給人的第一印象。深入了解：隱形的階級鴻溝，貴族主義，務實且壓抑的企業文化，合乎他的個性，也合乎他身爲一個軍人的自我要求。於是學習日文，熟知日本歷史文化，成了他的興趣與休閒，甚至也娶了日本妻子。然而，背負著「未來」八十年「歷史」的邱錦洲，突然發現自己成了爲未卜先知的姜子牙、劉伯溫？

「我可以做什麼？我想要做什麼？」

當日本憲兵的鐵拳揮向他的臉頰，當手腕被綁緊的鐵絲掐出鮮血，他的意志沒有屈服。如果日本在二戰中有條件的全身而退，則台灣不會被中華民國收回，不會陷入未來的中國威脅！如果以他對未來歷史的了解，幫助日本抽離中國的泥沼，退讓太平洋給美國，避免最後成爲焦土，那台灣就可以偏離中國的歷史，迎接一個沒有中國威脅的未來？

他需要一個人，一個和他想法相近，可以實現想法的日本人：石原莞爾。

四、重逢

1.中國重慶，國民政府軍事委員會委員長辦公室。

戴笠向蔣介石報告了奪船失敗這件事，蔣介石顯得不太高興。

蔣坐在搖椅上晃著，看著窗外景色。

「雨濃，這件事你辦砸了！」蔣介石說。

戴笠在一旁恭敬的點點頭。

「不過是一艘船，原本不算什麼。但卻顯得你的能力不牢靠！這，才是我在意的。都什麼節骨眼，對日作戰打到這時間，我自己身旁的人辦事沒能牢靠，大家做事都不上心，這仗怎麼打，這國家怎麼帶？」

戴笠此刻無話可說，只能默默點頭。

「那艘船最後跑哪裡，有消息嗎？」蔣介石問。

「攻堅失敗後，根據推測，那艘船應該往台灣海峽離去。可奇怪的是，根據線報，當天清晨在汕頭外海，有漁船發現有一場大規模的海空戰鬥，估計天空至少有數十架飛機。炸彈的聲響以及硝煙，數十里外都可以聽見。根據研判，很可能是日軍對那艘船的攻擊。畢竟這海域我方沒有海軍實力，而美軍早已經撤出菲律賓，遠在太平洋的另一側幾千公里遠。這樣，這艘船不是被日軍擊沉，

也沒地方可去啊？」戴笠回答。

「不會跑到共產黨那邊去吧！」蔣介石突然說。

「這……沒有證據，也不太可能吧！」戴笠遲疑地說。

「你這次的行動，底下很多人是共產黨背景！你怎麼能保證沒有共產黨在背後搞鬼？底下的人有沒有在下面給你亂搞，你可要搞清楚！這行動的失敗，毛澤東有沒有在後面下指導棋，不能沒掌握！」蔣介石有點激動的說。

「毛澤東現在困守在延安，有這一艘船，他也控制不了！」戴笠略帶顫抖的說。

「他人在延安，底下的共產黨遍布全國，你不知道嗎？他要這艘船沒用？你怎麼就不說他留著這船，等我們打完日本筋疲力竭的時候可以用來對付我們！共產黨藉著對日抗戰不斷在壯大自己，怎麼可以不小心！只要不為我用，管它要去投日，還是投共，都要把他弄沉！」蔣介石說。

「怎麼弄沉？」戴笠。

「可以借美國人的手，把它弄沉。」蔣介石說。

美國太平洋艦隊總部，夏威夷歐胡島。

太平洋艦隊司令海軍上將切斯特·尼米茲正招開作戰會議，討論目前陸戰隊第一師在瓜達爾卡納爾島作戰的情形。

「從八月七日開始，陸戰一師到現在打了幾個星期的戰，日軍的抵抗很頑強！除了陸戰隊，海軍對日軍的作戰也損失不少。雖然東所羅門海戰我們有不少戰果，但這也凸顯陸軍航空隊的重要性。爲了守住瓜達爾卡納爾島，接下來日本海軍一定會不斷的增援運補。如果我們的陸戰一師要順利拿下該島，就必須要靠我們的海軍和陸航能成功的阻絕。所以要盡全力守住島上的亨德森機場，以及補足空軍戰力。」尼米茲說。

「另外，有一份情報是從中國蔣介石轉來的。台灣附近發現一艘行蹤不明的戰艦！根據情報：屬於大型戰艦，介於戰列艦和巡洋艦之間，有裝配雷達，但沒有大型艦砲和水上偵察機，也沒有防空機砲……」

「那怎麼防空？」唸到著裡，尼米茲有點搖頭不解！

「艦橋還有一些配備功能待查。此外，有別於日本戰列艦高聳的指揮塔，此船的指揮的配置，倒是和我方戰艦的相仿！中國情報強調：應是日方的新式戰艦！」

「莫約在中途島大戰後，在台灣基隆外海，以及中國廣東外海發現此船行蹤。此船的作戰能力以及屬性尚待近一步調查。」尼米茲補充說。

「日本目前多數船隻沒有設備雷達，多依靠偵察機搜尋！難道他們的造艦思維也改變，跟我們看齊？」作戰參謀說。

「中途島結束才兩個多月，日本不太可能在這樣時間馬上就造出新式戰艦。而且據我所知，日方在珍珠港偷襲以及中途島戰役之後，也深知航空母艦的決定性角色，應該會把重點放在建造航空母艦！無論如何，不論這艘船的底細爲何，它都遠在中國東南沿海，暫時不必操心。」

2.經過了一星期的航行，這次，基隆號不用躲躲藏藏，而是正正當當回到它的母港：基隆港。入秋後，清晨的陽光一樣閃耀。隨著引水人的引導，基隆號慢慢的駛入碼頭。碼頭上，一個人早已經在那裡等候。

「邱副！」船頭的抛纜兵一看到他，就興奮的向他揮手，然後是用力的軍敬禮！

邱錦洲左手扶著拐杖，也笑著對他回禮。

船一靠岸，蕭艦長、簡作戰長、謝兵器長、雷輔導長一行主管，先行下岸，討論未來合作方式。輪機長負責督促上次作戰的戰損維修，補給長安排油料與飲食的補給，以及士官兵的輪流下船休假。突然間，大家都有輕鬆的感覺。和上次小心謹慎的汕頭行，有天壤之別。

日軍也表示愼重與歡迎，分別幫艦長等人安排了舒適的賓館，士官兵也有分別的旅店。然而，蕭艦長還是特別強調：在彼此合作磨合時期，基隆號禁止日人登船。

「蕭艦長還是一樣的謹愼小心！」邱副艦長笑著說。

兵器長一見到邱副艦長，馬上衝上去給他大大的擁抱！

「學長，我眞的沒想到能夠再見到你！眞的！當初聽到你落海，我們眞的……以爲你不幸了！」兵器長謝中校忍不住啜泣的說著。

「這段時間，你還好嗎？你的腳怎麼了？」蕭艦長問

「被日本憲兵關押的時候，左腳被打殘了，腦袋瓜可能也被打出血，我現在左手左腳沒什麼力

氣，不太靈活。」邱副艦長無奈的笑著說。

「大家輕鬆點，我們有太多話要聊了。日本海軍台灣司令部已經安排賓館讓大家休息，晚上也要招待大家好好吃一餐。我們慢慢聊！」邱副艦長說。

一旁的日本海軍副官馬上安排大家上車，往基隆招待所駛去。

吃飯之餘，邱錦洲向大家慢慢細數自己的經歷。

原來，那一晚的大浪，邱錦洲巡視完單位後，感覺到風浪越來越大，於是心想抄小路走船舷回指揮室。穿上救生衣沿著船舷急步往船頭方向走，剛好看著一個鬆落的救生艇繩扣。於是順手想要把它扣上時，突然一個橫向切力，猛烈一甩，就將他甩落海，頓時昏了過去。

以爲自己死定了，但居然能順利醒來。被漁民救起的時候，他雙手仍緊抓著一個救生圈，加上身上的救生衣，或許這是他撐過大浪，沒有溺斃的原因。接下來的劇情，和基隆號上的官兵有點類似，他也花了一點功夫，一點時間，才讓自己相信，他穿越到了一九四二年的三月份。

當時邱錦洲想著：沒有朋友家人，他將孤身在這個世界活著？

「三月？比我們早三個月？」作戰長簡中校說。

「沒錯，但是比你們慘的多！你們在船上，我在日本憲兵隊拘留所！」邱副艦長苦笑著說。

被救起時的一身中華民國海軍的制服，大拉拉的青天白日徽章。邱錦洲馬上被送往日本憲兵隊拘留所。霹頭一陣苦打是免不了的，流利的日文反而是中國奸細的鐵證。當時邱錦洲心想，就這樣被打死了，不是可惜了自己一身傳奇的遭遇。於是他開始對拷問官說，掏心掏肺的說，把他所知道的過去以及歷史全部都說出來。日本憲兵一開始當他是瘋子，但他越說越多，憲兵也不敢讓他死。於是層層上報到東京，終於讓他等到機會。

「我可不想自己這樣在一九四二年的當世奇人，卻默默無聞的死在黑牢裡！」邱副艦長記起當時不甘心的心情。

「多虧你是一個日文流利，日本歷史文化精通的日本通！」作戰長微笑的說。

「當時，沒有想到你們也會過來！」邱副艦長此刻，終於流下了一滴男兒淚。

「你當時是怎麼想的？」蕭艦長終於忍不住問了。

不可否認的，蕭艦長的心中還是帶著些許忐忑。身爲一個艦長，在一九四二年的時代，他的工作成了「執行全艦官兵的意志」。與日本合作，是眾人的決定。然而，從「未來」的歷史告訴他：日本想打贏美國，是不可能的。日本唯有提早從二戰中抽身，吐掉到嘴的肉，才能避免最後的滅亡。否則，基隆號也會一起陪葬！

邱錦洲慢慢的說：

「報告艦長，我是一個道地台灣人。但是和許多二十一世紀的台灣年輕人一樣，坦白說：我對日本有喜愛，我對中國沒感情。我四十五歲的年紀，軍旅生涯將近三十年的時間，我的敵人是中國！二十一世紀的中國越來越強盛，台灣的威脅就越來越大，身爲軍人的我，怎麼去親近中國？所以我選擇的，是以台灣爲最大利益考量。往上溯源，就是避免日本無條件投降，讓台灣留在大日本帝國！就算不能如此完美，也要爭取其他可能。比如說：台灣讓美國託管，最後透過人民自決的方式決定決定未來！比照我們所知道的歷史，二戰戰後許多新興國家都是如此成立的。」

「船上有許多人的想法，和副艦長一樣！」兵器長說。

「我們只是一條船，再怎麼強大，沒辦法全面的改變戰爭！」作戰長說。

「當時我這樣想的時候，並不知道你們會來，但是我還是不放棄！」邱副艦長略帶自信的說。

「在我被關了一個多月後，一個名叫津野田知重的大尉來看我。我向他說明了我所知道的日本未來：東京成爲焦土，日本慘敗，原子彈轟炸，無條件投降，美軍占領。這些，應該呼應了像他這樣的理性派的少壯軍人。更重要的是，我和他不約而同的提到了一個人：「石原莞爾」！」

「日本這匹孤狼，要避免完全戰敗，就必須放下口中流油的肥肉，回到當初的出發點，努力生存。」邱副艦長說。

「石原莞爾，現在的日本首相！也是我們開始相信歷史已經改變的那個政變，不會是邱副你在背後領導的吧？」兵器長說。

邱錦洲點點頭。

在和津野田知重細談後，津野馬上把邱錦洲提往東京。然後安排石原和邱錦洲的碰面。石原莞爾一貫的主張，就是對中國有限戰爭，對美國和解，全力防堵蘇聯。也因爲如此，不見容於東條英機，被編入預備役，等同解職。但也因此，石原無職一身輕，也輕易的躲過東條的監視，輕鬆的見到了邱錦洲。

兩人的會談，石原莞爾起初不抱任何希望。對石原而言，就算邱錦洲不是騙子，就算他眞的是八十年後來的天外方人，只是印證了石原的推測：東條英機的軍政府，會被勝利沖昏頭，導致日本帝國的滅亡。然後呢？孤臣無力可回天！知道了歷史，預測了未來，並不代表有改變的能力！大日本帝國這艘大船，要如何轉向？只是知道結局，並不足以讓全船的人同心轉向，因爲凡人是看不到未來的！

要讓對手遇到挫折，才會停下自以爲勝利的滅亡腳步。要展現出自己的能力，才能讓中間質疑的人信服。最後，要提出解決的方法，讓所有的人有團結的新目標。這是石原莞爾和邱錦州的結論。於是，石原馬上透過自己的人脈與部屬，把邱錦洲去除嫌疑，並安置在自己的身邊。

對於「中國有限戰爭、美國和解」的戰略方針，石原莞爾原只是推論。在不斷的和邱錦洲會談後，得到未來的視野，讓石原有更多的方向，可以調整規劃大日本帝國的未來。

首先，日本怎麼解決能源問題？即使石原的戰略順利推展完成，日本也要有穩定的能源供應：尤其是石油！也就是因爲石油，日本必須南下南洋，奪取印尼的油田。也就是因爲石油，日本必須打敗美國太平洋艦隊，占領菲律賓，完全掌控第一島鏈，維護油田以及石油運輸鏈。

就算接下來和美、中會談，預計也會曠日費時。加上下一步還要對付蘇聯，沒有能源，這一切都是空談。但是放棄印尼的石油，要從哪裡取代呢？

石原莞爾看著邱錦洲，眼神逼迫著他要給答案。因爲，這是一切改變的核心問題！

邱錦洲自信微笑的站起來，走到東亞地圖前。就在石原的面前，把手指在滿洲國黑龍江地區說：

「將軍，你的答案在這裡！滿洲國黑龍江大慶油田！」

邱錦洲接著說：

「大慶地區將在一九六〇年代發現的石油，且蘊藏量高達世界十大油田之一。」

石原莞爾忍不住內心的激動，滿意的微笑了。

幾十年來，第一次，第一次他可以感受到他的戰略遠見是可以實現的！沒有能源，他的遠見被指爲空談，被指爲短視。他還記得當他喊出：不可以爲石油開戰！軍部的人笑他：用石原的尿來發動戰車飛機嗎？

當時他無話可說。

如今，他有了石油，未來世界上十大油田之一，就位在他一手規劃成立的滿洲國境內！這不正是佛祖的安排嗎？

於是，石原莞爾和邱錦洲開始推演接下來的計劃！

首先，他需要幾場失敗，來挫敗東條派的銳氣！即將到來的是一九四二年六月的中途島戰役，日本海軍將遭受重大挫敗。其次是一九四二年八月持續到一九四三年一月的瓜達爾卡納爾島戰役，日本也將損失慘重。這樣，足夠讓許多中間派的人對東條內閣感到「憂心！」

尤其是最重要的關鍵人物：裕仁天皇。

這樣的連敗局勢，勢必讓裕仁天皇感到憂心忡忡。

而要推倒東條內閣後馬上穩住政局，一定要裕仁天皇出面才行。

於是從一九四二年四月開始，石原祕密進入皇宮，與裕仁天皇會談。最重要的是讓裕仁天皇了解，日本現在的處境將導致日後的無條件投降。石原不得不以預言的方式，一步步讓天皇了解，他所說的都將成爲事實。無論是預言東條大本營的每一步動作，國內外的情勢發展，裕仁天皇從懷疑猜測，到開始相信，一直到最終的支持確認：

石原莞爾百分之百的預測了中途島戰役的每一個細節，以及最終的結果。

於是，就在取得天皇的支持之後，石原展開最後一步：

唯有推倒東條英機內閣，大日本帝國才能得救！

3.「石原莞爾，對我們沒有要求嗎？」蕭志偉艦長嚴肅的問邱錦洲。

「你現在是石原的人，還是我們的人？」作戰長簡中校接著問。

這兩個問題，也是大家心中的問題。

邱錦洲看著大家質疑的目光，露出一點點輕鬆的微笑說：

「我剛說了：我來到這個時代的時候，沒有想到各位也會在。我以爲我了然一身，將孤獨的在這個時代老去。甚至想過，以我現在的年歲，我可以有機會看到我自己的誕生嗎？這種想法，眞是尷尬而有趣，一種很超現實的感覺。」

「然而我細想，這是不可能的！歷史已經因爲這一切轉向了！更何況，是我下定決心要讓它轉向，我要改變台灣的未來！也就是說，未來已經不會再有一個邱錦洲誕生！」

「在我還沒有意識到大家存在時，我和石原的合作是：我對未來的認知加上他對日本的戰略規劃，是改變日本未來的思想中樞。石原對我而言，是我創造新未來的雙手。他要改變日本，我要改變台灣，我們的共同目標明確且直接：幫助日本脫離二戰，避免焦土玉碎。」

「一直到我注意到一份大本營七月由台灣傳來的情報：發現一艘不明戰船，沒有國籍，而派出去的陸偵還沒到達偵查位置就雙雙墜毀，墜毀海面上除飛機殘骸，也發現一些不明碎片。石原並不了解這情報的意義，但是我開始懷疑：是否各位也和我一樣來到了一九四二年？」

「於是我緊追這個情報，透過石原命令中國東南和台灣、菲律賓的海空以及情報單位，密切注意是否有進一步的消息。沒想到台灣航空守備隊一方發現你們，就急著動手，差點我就見不到各位了！」邱錦洲苦笑著說。

「學長，我們可沒那麼簡單就被搞定！我們基隆號雖然是二十一世紀的舊船，卻也是一九四二年全世界最先進的戰艦：長程海空搜索雷達，標二防空以及魚叉反艦飛彈，幾百公里外就可以摧毀敵船！」兵器長自信的說。

「獅王不敵鬣狗群！我們不也中彈了。下次如果沒那麼幸運，一顆炸彈一顆魚雷大家可能就見了海閻王！」作戰長嚴肅的說。

「現在是二戰時期，戰術和戰法都和二十一世紀不同！大家不可掉以輕心啊！」蕭艦長說。

邱副艦長點點頭，繼續說：

「不管如何，命運安排我和眾弟兄的團聚！如今，我們這個團隊，有大腦指揮，有雙手行動，更有一雙強而有力的翅膀！各位，你們就是我們的翅膀！」邱錦洲略帶興奮的說。

「所以，石原會給我們任務?讓我們加入美、日的戰爭！」蕭艦長靜靜的說。

「具體的任務，還不能說。畢竟現在是戰時！但是，各位弟兄加入戰爭，是爲了結束戰爭！是爲了挽救更多的生命！」邱錦洲說。

「所以你現在是石原莞爾的人？」作戰長簡中校重提了問題。

「如果我否認，一方面太矯情，一方面你們也不相信。我現在是石原莞爾的政治參謀。但我也曾經是基隆號的副艦長，我更是永遠爲台灣奮鬥的台灣人！」邱錦洲說。

眾人突然陷入一陣沉默，或許是面對邱錦洲的激情，對比和日本合作的未來茫然感，有點不知所措。

這時候，已經喝的有點茫的設控少尉突然滿臉通紅的問：

「邱副……怎麼你、你……能把二戰歷史和日本歷史記得那麼熟，準確的提供給石原這傢伙！你也太強了吧！」

邱錦洲一聽，馬上露出哈哈大笑！然後從口袋中掏出一個iphone！眾人突然驚呆的說：

「你的iphone沒掉？」

「哈！跟大家一樣，我隨身帶在工作褲內防水口袋中，我也驚訝落入海中居然沒有壞！更重要的是，我非常幸運的有充電器在一起！」邱錦洲開心的笑著說。

「這裡面可不是一堆美女圖，這裡面滿滿儲存有世界史、二戰史、日本史的各類書籍！憲兵隊雖把我沒收，但完全不懂這東西，只當證據保留，沒把它弄壞。等到石原把我救出來，這東西就回到了我的手中。就這樣，我成了這個世界無所不知的神！」

邱錦洲一說完，大家都開心的大笑！就這樣在酒足飯飽的氣氛下，度過了重逢的第一個夜晚。

第三章

一、瓜達爾卡納爾島

1. 如果說中途島的戰敗是石原拉攏裕仁天皇、推倒東條內閣、坐上首相位置的台階，那瓜達爾卡納爾島就是石原決定一展身手的舞台。要鞏固統治，他需要美軍來挫敗軍部的頑固派。爲了要建立領導威信，他有料事如神的邱錦洲，現在又加上基隆號，足以演出一場令人讚嘆的逆轉秀。

時間來到一九四二年十二月。

從八月美軍登陸瓜達爾卡納爾島開始，雙方投入了數萬兵力，在這個蕞爾小島進行激烈的拉鋸戰。不論是陸戰，海戰以及空戰，雙方各有損失。然而，到了十二月初，大本營終於肯面對現實，了解瓜達爾卡納爾島的爭奪戰，日本一方無法再繼續下去了。

石原會心一笑，知道他的機會來了。

就在發動兵變軟禁東條之後，在裕仁天皇的支持之下，石原接掌內閣。裕仁天皇對石原的支持，來自於兩點：首先，裕仁天皇對東條英機所代表的大本營，不論是對中的戰略規劃完全失準失眞，使得中國問題從一九三七年至今五年的時間沒有解決。而對美作戰，也號稱可以在三個月內解決。但是珍珠港事變原本計畫癱瘓美國太平洋艦隊半年，不但沒達到，聯合艦隊更在中途島海戰損失大半。這一切，都加重了裕仁天皇對東條內閣的不信任感。

其次，這一切都在石原莞爾的「預期」當中。裕仁天皇不解的是，石原如何能夠如此精準的預期這一切：從珍珠港後到中途島戰役？

每當問及他，石原只是自信微笑的說：他說的不是預測，是事實！如果石原說得都是事實，那未來一九四五年的原爆以及接下來的無條件投降，會是事實；他將在美軍面前俯首稱臣，而日本百姓也將蒙受巨大的傷害，也會是事實？這使得原本就已經對日本捲入世界大戰感到不安的裕仁天皇，更加憂心。所以當石原向他提出：欲挽救大日本帝國之未來，解救千萬黎民百姓，使陛下免於受百代後人之責備，必須採用極端之手段。

於是裕仁轉向支持石原發動兵變，推翻東條英機內閣。畢竟東條黨羽之強勢，使裕仁對國政毫無置喙之於地。換一個首相，雖然代表日本不再向全面勝利做努力，也要爭取不要一敗塗地。

對於石原而言，東條雖然下台，但是軍部的作戰思想並沒有改變。於是如石原所預期的，大本營對瓜達爾卡納爾島戰役的初步想法，仍是硬碰硬的與美軍對戰。在早已預知戰役的後果，瓜達爾卡納爾島對石原已變成是政治問題，不是軍事問題。他要藉由這個戰役，讓海軍陸軍的裂痕加深，讓大本營的內部的戰略歧見加深。

石原堅定的相信：要讓日本軍部願意找台階結束戰爭，他需要的，是一個分裂的大本營，來鞏固他自己的權力。

果然，如石原所預期的：從八月開始的瓜達爾卡納爾島戰役，大大小小陸海空的戰鬥一再發生。單單海戰方面就有薩沃島海戰、東所羅門海戰、埃斯帕恩斯角海戰、瓜達爾卡納爾海戰，以及上個月的塔薩法隆加海戰。和美國相比，日本的工業實力薄弱在此顯現無遺，當損失拉大時，船艦的補充就陷入緩慢且困難。這也使得大本營海軍部不得不開始思考，放棄瓜達爾卡納爾島。

然而，海軍部一提出撤退的想法，陸軍部馬上會跳腳！畢竟海軍轉個船頭就走，留下的是當初不斷投入的守島官兵。況且在幾十年的軍國主義教育之下，軍人寧死不降，這也意味著，一旦放棄戰鬥，島上的軍人恐怕玉碎成軍魂！

陸軍部不能忍受背負失敗的羞辱，以及放棄島上官兵的背義！只能不斷的要求海軍部艦艇提供足量運補。如果做不到，就要由海軍部來承擔失敗的羞辱。而海軍部根本沒有足夠的資源，在那麼遙遠的地方維持運補。果然，雙方面子拉不下的情況之下，爭執越來越烈。這一切，都在石原的預期當中，莞爾一笑。

爭執了將近一個月，終於在大本營首席執行官眞田上校率領的考察團，回報當地實際情況後，陸海軍總部總算願意默認了瓜達爾卡納爾島戰役的失敗，開始擬定撤退計畫。儘管海軍部對於能否成功撤退，感到質疑。根據目前日、美海空軍的實力，要成功的撤回島上一萬多名官兵，風險極高！最慘的情況有可能是救援行動反成了美軍的甕中鱉。一旦救援不成反而全軍覆沒，海軍部還要背負責任。

可是，原本被海、陸軍部看似跛腳的石原莞爾，此刻卻露出了充滿自信的微笑。

因爲石原知道，他手上有一個必勝的王牌：基隆號。

2.在港邊，邱錦洲看著五寸砲的新砲管安裝上，一旁的兵器長過來道別。

「雖然換上新的砲管，不過射速降到每分鐘十發！」兵器長說。

「還是這時代最強的！」邱錦洲笑著說。

「倒是掛上了日本海軍軍旗，說眞的，大夥兒還不太習慣。」兵器長說。

「雖然如此，它還是這個時代最神奇的戰艦。無人能及的遠端打擊能力！標二的射程超過兩百公里，魚叉反艦飛彈射程超過三百公里，海空搜索雷達範圍高達四百公里。學弟，在這個雷達剛被應用不久，長距離主要靠偵察機的時代，難以想像啊！」邱錦洲看著基隆號高大的桅桿說。

「你還是決定要回東京，不跟弟兄們在一起？」兵器長問。

「學弟，我如果留下來，你們失了耳目，任人宰割！我也愧對於自己在憲兵隊拘留所裡所受的苦難。我在東京，就是你們的長程政治雷達！」邱錦洲說。

兵器長轉過身對邱錦洲致上軍敬禮。

邱錦洲回禮，說：

「你們永遠是我的兄弟，別忘了我們的初衷：更好的台灣！」

兵器長點點頭，看著邱錦洲的離去。

其實，和弟兄們相處了一個月，讓大家熟悉日本軍方以及運作方式，時間也差不多。最重要的是，石原也來電要求他回去！這表示，東京有新的進展，應該會有任務：基隆號的任務。於是，他必須盡快回去。畢竟，對於和日本海軍合作，蕭艦長也是有指示。

「邱副，你必須了解，我身爲一個艦長，最大的責任是維護全艦官兵的生命安全。」蕭志偉艦長說。

「弟兄們決定和日本的合作，爲的不是日本，而是台灣！希望台灣在我們那時代的未來，可以避免承受中國威脅！所以願意幫忙日本的歷史轉向。然而，我們畢竟只是一艘船，不論多麼的先進，船艦受傷還可以修，導彈打完就沒了。不能當成一般的巡洋艦驅逐艦在戰鬥中消耗。只能發揮我們的特長！當然，這應該也是石原所期待的：利用我艦長程搜索和長程打擊的能力，來「協助」日軍。」

蕭艦長說。

邱錦洲點點頭。

「不可否認，在確認你們的到來後，我曾經向石原莞爾仔細說明了基隆號的「能力」。當然，在第一次你們遠距離擊落從台灣起飛的陸偵，還有上一次面對多批架的空中攻擊，基隆號展現的能力，都已經被詳細紀錄呈報給石原。我相信石原能相信我，就能輕鬆的信任你們。對比於東條英機，石原莞爾畢竟是一個軍事戰略家。因此，對於基隆號的指示，我相信他會謹慎。」邱錦洲說。

「只怕，石原對大本營內部的指揮能力，還要加強。對於海軍部，還需要叫的動三本五十六！」蕭艦長說。

「根據歷史，山本將在不久的將來，一九四三年四月死於美軍軍機的攻擊。」邱錦洲說。

「石原想救他嗎？」蕭艦長問。

邱錦洲搖搖頭。

「我跟石原的意思是：讓它發生，讓海軍部陷入失敗後，失去領導的群龍無首，至樣對石原的領導是有利的！」邱錦洲說。

蕭艦長點點頭。接著說：

「還有一點，請你帶回去給石原莞爾。希望等基隆號耗盡之後，讓兄弟解甲歸田，給兄弟安排安穩的生活。」

3.一九四三年一月。

大本營已經決定從瓜達爾卡納爾島撤離。重點是，如何成功、快速的撤離？一萬多名官兵要在美軍的眼皮子底下撤離瓜島，風險很高！尤其在經歷了幾次瓜島海戰之後，海軍部已將航空母艦和大型戰列艦調離南太平洋。只剩下些許的陸基空軍掩護，又沒有強大的海軍實力，只能靠取巧。

張牙舞爪，趁美軍嚴陣以待之後，再溜之大吉！

這樣的計畫，海軍部不是沒想過，但是風險很高。石原莞爾當然勝卷在握，因爲他知道「歷史的事實！」於是在石原的全力支持之下，三本五十六半信半疑的同意了這個計畫「K號作戰」：佯稱日本將再一次大規模增補瓜島，然後趁對峙當時，迅速將部隊撤離。

對三本五十六而言，借助石原的大力支持，也可以轉移失敗的責任。對於是否需要航空母艦以及其他增援，石原一概笑而拒絕！這樣的態度，讓一向嚴謹的海軍聯合艦隊的總司令三本非常的不以爲然：一萬多名日本陸軍的命也是命！

如今石原願意直接出來承擔責任，三本也樂得輕鬆。三本五十六心想：屆時如果眞的失敗了，倒台的將是石原，不是三本自己！

石原唯一的要求，是基隆號的加入。這艘船，三本派人去查看過，屬於大型的巡洋艦規模。但是既缺乏大型艦砲，也無法起降偵察機。雖然有號稱先進的雷達，但是除此之外，連防空機砲都沒有。雖然根據先前的報告，這架戰艦有準確的艦砲，甚至可以直接擊落飛機。但是現在的作戰，天上的飛機都是數十甚至上百架次，沒有艦隊形成的聯合防空網，單一戰艦根本無法抵抗空中蜂群的攻擊。這也是爲什麼山本從戰爭一開始，就極力對抗海軍保守的戰列艦派，而主張全面大量的建造航空母艦。而這一政策，在中途島海戰失敗後，越顯得重要。缺乏航母的聯合艦隊，將是跛腳的病虎。

但是三本五十六不知道的事，石原莞爾知道。

出發前夕，石原對指揮這次撤退的橋本信太郎說：基隆號將和你的指揮艦一同部署在戰線後方。並且它將作爲你的情報中心，提供美軍船艦的動向。除非有緊急行動，否則盡量不要讓它參戰，把它當成救援。

接著，石原仔細的向橋本信太郎說明美軍可能的部署和反應，也向橋本「建議」應該的方式與作爲。橋本越聽越顯得半信半疑，但是還是仔細的記下。心想：到時候就知道你這個陸軍仔說得準不準。

「聽我的準沒錯！」石原莞爾還是一幅笑臉的說。

根據石原的說法以及安排，橋本率領艦隊從吳港出發南下，在宮古海域和基隆號會合後，往瓜達爾卡納爾島所在的所羅門群島海域。美軍「應該會以為」日軍的目的在於奪回瓜島，尤其是島上亨德森機場。於是橋本將可以在美軍集結準備再次瓜島對戰的態勢下，迅速將島上的陸軍部隊撤回。

基隆號經過了數月的整備，修復了船舷的破損以及前五寸艦砲。幾個月來的休養生息，船員各個精神飽滿。當然，可以預期會被編入戰鬥，蕭志偉也不敢鬆懈，維持平常的戰備訓練。只是眾人看著桅杆上面飄揚的，不再是青天滿日紅的中華民國國旗，換上了大日本帝國海軍的太陽旗，讓許多人不甚習慣。再看看身上穿的日本海軍制服，彼此多半是無奈的一笑。雖然在熟知的歷史當中，日本是邪惡軸心的國家，日軍殘暴對待中國和占領區的百姓，七三一部隊的殘酷人體實驗，南京大屠殺等等，偶爾會浮現腦中。

但是，這是大家的決定。而且，我們要改變這樣的歷史，改變台灣的命運。

這想法，弟兄們彼此心照不宣。

幾天的航行後，雷達已經可以看到龐大的日本帝國海軍的第八特遣艦隊。蕭艦長下令全速前進，讓這艘「老船」活動活動筋骨!沒多久，艦隊就浮現在眼前。三艘輕重型巡洋艦，以及密密麻麻二十艘驅逐艦的編隊，如今加上基隆號。建立了無線電通訊後，基隆號進入編隊航行，許多官兵紛紛跑上船舷，觀看這浩蕩的二戰艦隊!

更興奮的是，船上迎來了歸隊的邱錦洲副艦長。他由橋本信太郎的旗艦乘小艇回到基隆號，重新坐上副艦長的座位。邱錦洲向石原建議他親自參與這項行動，離開東京回歸艦上。一方面是他嫻熟流利的日文能力，有助於基隆號和艦隊指揮橋本信太郎的溝通。另一方面是確保基隆號的安全！畢竟此時的邱錦洲是石原莞爾不可缺的思考中樞，而邱錦洲回到基隆艦上，也就是向蕭志偉艦長確認一點：石原莞爾必須確認基隆號的安全！否則失去基隆號，也失去邱錦洲，將危及整個布局。

身爲此次指揮官的橋本信太郎，則有著巨大壓力。一方面他覺得石原首相的過度樂觀，另一方又感受到聯合艦隊總司令，三本五十六的極度悲觀：預計損失一半的艦艇，能接回島上一半的人，應該就不算失敗了。

聽三本五十六這樣說，橋本信太郎心都涼了半截！

一九四三年的一月十四日，艦隊到所羅門群島附近海面，就準備位置。

當夜，按照計劃，馬上派遣由矢野桂二率領的七百人登島，一方面向島上部隊傳達撤退命令，另一方面作爲後撤部隊的後衛。畢竟島上第十七軍剩餘部隊數個月來已經經歷了疾病、飢餓以及美軍的摧殘，疲弱不堪。

爲了掩護這次撤退，附近島嶼的陸航戰隊也參加佯攻。果然，美軍開始相信日軍是爲了增援瓜島，計劃再度發起進一步的反攻，奪回機場以及瓜島主控權。基於此考慮，美軍步步爲營，不敢大意。畢竟過去幾的月來，日軍的戰鬥意志仍然頑強兇猛。基於不擴大損失，以穩扎穩打爲原則。日軍則藉由美軍的小心翼翼和陸航戰機對瓜島的加大力道，爭取足夠的時間。

經過了十餘日的部署，時間來到二月一日，橋本信太郎將艦隊移動到肖特蘭島附近，終於來到對接的時刻。預計由瓜島北部的沙灘，趁著夜色開始接送後撤部隊。

然而此刻，美軍船艦突然出現在瓜島西北方，距離日軍接駁點只有十二公里左右。原來，美軍預計日軍的增援之後，會開始南下往亨德森機場方向進攻，於是美軍瓜島指揮官帕奇計劃派遣美軍從瓜島西北側翼登陸，對日軍形成包圍。卻沒想到日軍此刻正迅速派遣駁船往返接送部隊。情急之下，橋本信太郎急招陸航戰機支援，並停止駁船往返。果然沒多久，隨著美軍驅逐艦發現橋本的艦隊，除了馬上開砲，天空中不久就出現了數十架次的美軍攻擊機。雖然支援的日機不久也趕到，但是數目不及美軍的一半！可見這幾個月的瓜島爭奪戰，美軍已經大大的增加了瓜島空軍的實力。此刻，滿天的飛機和防空炮的煙霧，橋本信太郎開始顯現不安的眼神。

「是否急招基隆號支援？」副官問指揮官橋本。

橋本不是沒有想到，可是想到出發時石原對橋本的叮嚀，盡量不要讓基隆號直接面對戰鬥！心想：這船應該是石原首相的寶貝吧。於是到達肖特蘭島附近後，就將基隆號留在那邊，當成一個海上的雷達站。此刻招基隆號過來，既沒防空砲，又沒大艦砲，就怕救援不了，還得要被救援？

可是看著美軍凌厲的攻擊，橋本也有點心急。下令說：

「請基隆號過來支援，並救援各艦，見機行事！」

這樣的命令，並不嚴厲，基隆號如果自己受災，也不算他的責任吧！

就在此刻，一隊美軍俯衝轟炸機直衝橋本信太郎所在的指揮艦卷波號。數枚炸彈同時落下，擊中了卷波號，雖然沒有波及彈藥庫，但船身馬上陷入傾斜的情況。同時，一艘美軍驅逐艦急速衝入日艦行伍中，企圖要打亂日艦的隊形，再製造機會讓美軍驅逐艦以魚雷攻擊。一連串的空中與海上的攻擊，讓橋本信太郎有點驚慌失措。隨著卷波號的船頭逐漸沉入水中，副官拉著他急速逃往船尾方向移動。眼看卷波號下沉的速度有點出乎意料的快，來不及登上小艇。此刻，天空中突然出現巨大的聲浪以及強風。橋本信太郎瞇著眼抬頭一看，是一架從未見過的旋翼機：巨大的旋翼不是在機鼻，而是在機背的旋翼機！

原來，當雙方戰事開啓時，基隆號就已經備戰完成，慢慢靠近戰區。然而由於遠在美軍攻擊範圍之外，美軍並未注意到這一艘船。就在卷波號中彈之際，蕭志偉考慮到橋本信太郎此刻正在船上，馬上下令反潛機升空救援。

「此刻空戰正在進行，直升機過去會有危險！」反潛長提醒蕭艦長。

「直升機低空飛行，電戰官鎖定卷波號附近的美軍，用標二把它擊落，作爲掩護！讓反潛機有足夠空域，把橋本少將接到船上來！」

「報告艦長，美軍一艘驅逐艦直衝卷波號位置，反潛直升機無法逼近。」電戰官大喊。

「魚叉反艦飛彈鎖定，馬上發射，將它擊沉！」蕭艦長馬上下令。

巨大的旋翼渦流讓橋本信太郎幾乎睜不開眼，此刻從飛行器上面放下一具繩梯，橋本信太郎一抓著繩梯，就不由分說的往上爬，隨行的軍官也一一爬上。橋本信太郎正要說的：敵機這麼猛烈，你們怎麼敢靠近！卻看著天上竄出數道細長煙霧，更神奇的是，這些煙幕彷彿長了眼睛，還能迂迴追著美軍的攻擊機轉彎。迅速的將附近的美軍軍機一架架擊落，化成一堆黑煙碎片！

橋本信太郎幾個人張大了嘴，簡直不敢相信自己眼睛所見。接下來更看見從遠方一瞬間靠近，貼著海平面的一枚飛行炸彈，直直往前方遠去，精準的擊中美軍的驅逐艦。

不知道過了多少時間，橋本信太郎耳中才聽到美艦傳來的劇烈爆炸聲。

二、大日本皇家海軍基隆號

1. 一九四三年春。中國重慶，國民政府軍事委員會。

「從去年長沙會戰到現在，日寇對我之內陸之侵略，沒有大動作。看來日軍是把重點放在滇緬地區，意圖切斷英美對我的補給，把我們餓死困死！」蔣介石拿起最近的戰報，對著大家說。

「應該是去年李宗仁的長沙一戰打得好，顯現出我方抗日的決心。日軍現在深陷我廣大國土之泥沼，進無足夠的力量打敗我們，退又難以抽身。進退兩難！」祕書長張群笑著說。

蔣介石點點頭表示認同。

「這也是我今天請諸位過來商議的事…之前會議提到，日本政府透過祕密管道，提出「和解文書」。這段時間，我請陳副祕書長協同外交部和日方接觸。了解日本的底線。對於陳副祕書長，我的指示是：日本應歸還自一八九五年甲午戰後所竊取我國的所有領土，包括滿洲、台灣、澎湖群島；日軍應無條件撤出我國；朝鮮彼此可以談，包括兩國共管、美國託管，然後民族自決。戰爭賠償的部分，日本應該歸還或賠償我自一九三七年以來對我工業民生的掠奪。」

蔣介石語調平靜的說著，眾人點點頭頻頻稱是。

「當然，日本人不會同意這些的！」

蔣介石無奈的說著。

「我們要了解的是：日本人是真的要停戰講和，還是要挪出力量到別的地方打？大家要知道，現在不是中日戰爭！現在是世界大戰！同盟國對軸心國！如果日本的目的是想從我們這裡抽身，集中力量去打太平洋和緬甸印度，那我們和他議和，就成了英、美的敵人，日本軍國主義的幫凶！這可不成。」

「所以我要陳副祕書長去了解，日本是否也和美國有「和解文書」！」蔣介石說。

對於蔣委員長的這個提點，眾人點頭稱是。

蔣介石繼續說：

「然後，外交部證實：美國確實也收到了日本「試探性的了解停戰的可能性！」的訊息。所以，日本人是真的有考慮不打了！」

「如此一來，我們倒是要兩邊準備。首先，什麼條件下我們可以停戰。其次，要嚴防美國方面對我利益的犧牲。關於第一點，最大的考量是從一九三七年盧溝橋事變開始的全面抗戰，國家的民族志氣高漲，在這個浪頭上要停下來，非得在面子上爭一爭。否則，無法對已經犧牲的國人交代。另外，也怕停戰的消息一出，反而被共產黨利用！別忘了，當年共產黨就是利用日寇的對我擴大作戰，鼓動民心，打出「抗日民族統一戰線」的漂亮口，逼得我們不得不停止剿匪。這共匪又成功的從潰敗到延安之後，得到一次苟延殘喘的機會。」

「可是從現實面來看，如今蘇聯和德國打得正熱，共產黨沒了後台。要不是對日戰爭拖著我們，讓我們騰不出手講不出理來打共產黨！一旦對日講和，就可以好好的清除共產黨的殘餘勢力。」蔣介石說。

「這次日本人也承諾，一旦中日雙方達成停火協議，日方甚至願意提供我軍火，作爲剿共之用！」孔祥熙部長說。

「這樣，不正落實了共產黨的政治宣傳：國民政府幫著日本人打自己人！」張群祕書長有點擔憂的說。

蔣介石接著說：

「說實的，陳副祕書長傳來的消息，日本人的條件如下：維持滿洲國的獨立，朝鮮問題可以談，日人的底線大約在撤銷對朝鮮的兼併，但是朝鮮必須成立親日政權。日本人暗示：對日本最大的威脅是蘇聯，日本人需要東北和朝鮮作爲對蘇聯的緩衝區。所以對於東北，日本人表示不會退讓的。」

「檯面下的理由是：日本作爲一個工業國，需要東北的礦產！根據線報，日本人開始在黑龍江地區鑽探石油，對於撫順鞍山的煤鐵礦，也加大開採的範圍。一旦眞的讓日本人在東北找到石油，那可以確定日本寧可放棄印尼的石油，也要保有東北！如此可以避免和美國在太平洋的衝突。」

「就是先前提到的：以外蒙換東北？」白崇禧說。

「餡餅換燒餅！」孔祥熙苦笑的說。

「但是挑明了說：就算中日停戰，甚至日軍加上我們，這外蒙古能不能拿的下來？能不能守得住呢？恐怕還是問題。那裡一馬平川，蘇聯的坦克部隊可以長驅直入。就算現在蘇聯騰不出手來，一旦蘇德結束，蘇聯反打我們，我們擋得住嗎？這是現實問題。如果外蒙古沒有如預期的拿回來，東北又丟失，人民的怒火，恐怕不是我們擋得住。」蔣介石說。

「那就先拿台灣澎湖吧！」白崇禧又談到台灣。

「這倒也是一個台階！日本人如果有誠意，就把台灣澎湖先還回來，畢竟台灣人都還是同胞，拿回來也容易管理。」張群表示附議。

蔣介石想了想，說：

「對我們來說，台灣的價值當然比不上東北。畢竟未來的太平洋，應該是美國人當家作主。如果說是通商港埠，台灣也比不上廣州和上海。不過，五十年前的甲午戰敗，馬關之恥，能在我們手上收回，也可以振奮人心，政治上的意義還是有的。只是說到美國，哎，怎麼羅斯福總統就派個史迪威來，處處和我唱反調！」

「只怕咱們在自己屋簷下，也得要讓著他點！畢竟這場仗，還得靠美國人的支援。雖然珍珠港被日本人偷襲了，但是不到一年的時間，美國在中途島打敗日本人，如今在南太平洋逐步反攻。預料美國人是決心收復菲律賓！」張群祕書長說。

「坦白說，只要我們撐的住，中、美、英、蘇同盟，打敗日、德、意的軸心國，是指日可待的。美國在太平洋反攻，而根據戰報，蘇聯紅軍也擊潰了列寧格勒的德軍，開始反攻。年初英、美、蘇在卡薩布蘭卡的會議決議，對軸心國的要求是「無條件投降！」，我方雖然沒有參與會議，但是這宣示可以看出同盟國的必勝信心。我們拖著日軍，若等到最後的勝利，台灣、東北甚至外蒙古以及外東北地區的收回，都是有可能的。關鍵在於戰爭結束時，我們北方這隻貪婪的北極熊鄰居，能否被打的奄奄一息？如果不是，我們可能面臨更貪婪的敵人，更複雜的國際政治！」蔣介石靜靜的說。

「請示委座，那與日本，是談還是不談？定還是不定？東北放軟，台灣拉進來？」張群問。

蔣介石點點頭。

2. 美國太平洋艦隊總部，夏威夷歐胡島。

尼米茲上將正從瓜達爾卡納爾島回來，馬上招開高階會議。

「我們雖然順利拿下瓜島，但陸戰隊也損失慘重。雖然弟兄們還在一步步拿下所羅門群島，但可以看出日本海軍在這地區已經逐漸退出。戰略上，日軍試圖阻斷我軍與澳洲的聯合，已經失敗。接下來，我方的戰略計劃，將是逼近日本本土，使其進入我空軍戰略轟炸的作戰範圍內。對日本本土展開直接攻擊，迫使日軍退守直到投降。

根據這個範圍，硫磺島、台灣島、琉球群島這些都是未來可能要拿下的目標。如果以日本防守規模，增援難度，和我軍進攻的容易度而言，硫磺島應該是下一個主要目標。和拿下瓜島一樣，海軍和陸戰隊的弟兄，必定還要打幾場硬仗。不同的是，日本有一艘新式的戰艦，我們輕忽了。」

眾人略帶疑惑，尼米茲繼續說：

「之前中國方面的情報：有一艘來源不明，可能屬於日方的新式戰艦，出沒在台灣以及中國東南沿海。當時我沒有特別注意，沒想到這次瓜島的戰報，日本在最後使用了高明的戰術，成功的將瓜島上的守軍完全撤出。而且撤出前的戰鬥中，出現了這艘迷一樣的船！」

「根據偵察機以及參與戰鬥的戰艦回報，這艘船並沒有直接參與船團戰鬥，而是在距離戰鬥圈以外的地區待命。然而，在戰鬥中，這艘船成功的從百公里以外擊落我方戰鬥機。甚至，以一枚飛行炸彈直接從這個距離擊沉我方驅逐艦狄海文號！這是我方飛行員親眼所見：數個飛行炸彈直接從艦橋的地方冒出來，然後衝上天際。尾部先是拉出一條長長的煙幕，然後往下平飛攻擊，形成一個波浪狀的尾焰。」

眾人一陣驚呼！

「大家別驚訝，還有更神奇的！這些飛行炸彈不僅以極快的速度飛行，還會隨著戰機的閃避動作改變追擊，直到擊中我方飛機！」

尼米茲放下手中的報告，看著大家。

「這裡有幾張照片，不過距離太遠，船型不甚清晰。但是可以確定的是：這艘船的量體不小，介於驅逐艦和戰列艦之間。奇特的是，整個船型完全不樣日本傳統戰艦設計，高聳的指揮塔！反而，比較類似我們的船型配置，沒有高聳的指揮塔。和我們一樣，這船配備有雷達。這在日本戰艦還算罕見，大部分的日本船還沒有配備現先進的雷達，主要靠的是偵察機！這又提到另一個特點：這艘船沒有配備水上偵察機，但是有一種大型旋翼在正上方的飛行器！類似我國正在研發的：直升機！不需要跑道，可以直接升空。這，可以合理解釋這照片上的船體，何以船尾有一個平坦甲板狀的結構，應該是供這種飛行器起降的甲板。」尼米茲說。

「難道，日本人搶先一步研發出這樣的飛行器？」眾人議論紛紛。

「所以結論是：之前中國傳來的情報，是眞的。確實有一艘這樣的船，有長程精準的雷達，具有長距離擊落飛機，以及單發遠距擊落一艘驅逐艦的能力。」

「這對我方是很大的威脅，尤其是航母！」

尼米茲鄭重的對大家說。

「務必要找出它，擊沉它！請中國的情報組織幫忙，蒐集資料。根據上次的情報，他的母港可能在台灣或日本。在中國沿海的機會不大，畢竟屬於日本占領區，容易被中國游擊隊攻擊。一旦發現這艘船，要緊盯著它的行動。我不希望有更大的船會毀在它手上。其次，在戰略上，我們要儘早實現對日本進行本土轟炸的目標，才能摧毀日本這樣的軍工能力，避免日本繼續造出第二、第三艘這樣的船。」

「報告司令，情報處有消息傳來：日方似乎有透過外交管道，尋求停戰的意思？」情報官說。

「政治的事，讓政治人物去操心！我們是軍人，做好軍人的工作！找出那艘船，擊沉它。拿下硫磺島，開始日本本土轟炸！去吧！」

尼米茲放下手上的報告，皺著眉頭。

3.日本橫須賀軍港，海軍軍官俱樂部。

橋本信太郎少將爲慶祝瓜島撤退任務的成功，以及基隆號的救援，特別宴請基隆號官兵以及先關人員。這場成功的救援，損失遠低於三本五十六所預估，卻成功的救回一萬三千五十七名官兵。

對外，大本營宣稱戰術戰略運用成功，然而橋本信太郎和蕭志偉心中明白，這是多虧了基隆號的適時救援。爲此，橋本信太郎由衷感激。也因爲此事件，橋本及許多海軍部的意見領袖，轉而成爲石原莞爾的支持派。

餐會上大家熱熱鬧鬧，酒酣耳熱。

作戰長卻有點悶悶不樂，邱副艦長特意過去和他閒聊。

「日本的民族個性，崇尚強者，鄙視弱者。這也就是爲什麼在二十世紀，美國打敗日本，戰後日本對美國不但沒有仇恨，反而拳拳服膺。中國一樣勝了，但日本人還是不當一回事。我們的基隆號在這次的成功表現，讓我輩官兵和石原的領導都得到了肯定。」邱錦洲說。

「你說的沒錯！邱副。」作戰官嘆了口氣說：

「在任務完成返航時，我問了一位日本軍官：爲什麼都沒有瓜島後撤的傷兵呢？幾個月的戰鬥，應該有不少重傷兵？」

作戰長喝口酒，感傷的接著說：

「他表情嚴肅卻語帶輕鬆的回答我說：他們身受重傷，不能行動。所以不要拖累大部隊撤退，在死前多殺幾個美國人！爲天皇犧牲，將是最大的光榮！」

「我疑惑的問他：都已經重傷了，怎麼能殺美國人？」

「他說：每個重傷兵都拿到一顆手榴彈，引誘美國人來救他的時候同歸於盡！」

那軍官帶著滿意的微笑說。

作戰官緩緩地看著邱錦洲。

「我心裡一直在想，這是我們要追隨的日本嗎？一個主張弱肉強食，淘汰無用之人的社會達爾文主義國家？」作戰官顯得有點無奈。

「所謂慈不帶兵，義不掌財！現在是戰時，有很多是權宜措施。我們是爲了更美好的未來！」邱錦洲說。

突然，宴會廳角落一端發出了大聲響，幾個人酒後面紅耳赤打了起來！邱錦洲和作戰官簡中校連忙衝去了解：只見兩、三名基隆艦的士官和一群日本士官打了起來，看來雙方都帶著不少酒氣！

「你們這群高砂豬，當不成低等中國人，更不配當我們大日本皇軍！只配給我們掃廁所打雜！」對方士官一連串的日語雜罵！

「你們這群不知好歹的小日本仔，自以爲世界無敵，就要被美國人打趴在地，東京就要被燒成一片焦土，廣島和長崎就要被原子彈炸得開花了！」基隆艦自己官兵情急之下用了中文連番回罵。雖然日方聽不太懂，但是在這場面突然大聲冒出一堆中文，頓時場面顯得有點肅殺。

一瞬間的停頓後，突然有人大喊：「你們這群支那豬！給我死！」更多人打成一團。整個餐會越來越混亂，雙方都有軍官衝入群中試圖將打架雙方拉開，直到橋本的副官對著日本方大喊：「住手，太放肆了。」

橋本信太郎表情嚴肅一言不發，而蕭志偉艦長也把臉繃得緊緊的。邱顯洲和兵器長正用流利的日文訓斥鬧事的士官兵，並隔開雙方，才讓氣氛逐漸緩和下來。

當天晚上，邱顯洲和作戰長一同來到艦長室，向蕭艦長報告事情經過。其實軍中喝酒一言不合起了衝突，原屬常見。但是牽扯到族群背景和歧視，就不容易平息。

事情發生是這樣：一開始日本人也只是很客氣地表達謝意，我們官兵喝了酒難免心高氣傲，除了強調我船的強大武裝，能夠百公里外輕取對方，還強調艦砲無用論，尤其是舉了大和號戰列艦的艦砲大而無當，當下就引起了日方官兵的不滿。

蕭艦長感慨地說：

「咱們弟兄這群年輕人搞不清楚狀況！大和號雖然確實是過時產物，也在未來的琉球海戰輕而易舉的就被美軍軍機給擊沉。但大和號畢竟是日本海軍的精神象徵，拿大和號來嘲笑，就是日本人所不能忍耐的。舊日本海陸軍都是靠著軍魂象徵的崇拜來鼓舞士氣，鼓勵犧牲，這不是我們二十一世紀的軍人可以想像的。以往的軍人訓練，士兵就像蒙著眼的戰馬，只能盲目往前衝，不允許個人意志。和我們那個時代不同啊！我們未來要和日本海軍合作，弟兄們要充分了解這一點。」

「恐怕很難！」作戰長說。

「過去這段時間，弟兄們的抱怨不是沒有！接觸的日本軍人，不論階級，往往把我們當成低等人。台灣就是日本的屬地，殖民地！殖民地的一切，就是要貢獻給母國。十八世紀的英國對美國，就是這樣，才引起美國獨立戰爭。而在階級森嚴的日本軍界，這種觀念更是明顯。台灣人只能充當下等軍士，要不是這次立下決定性的戰功，我們就好像美軍當中的黑人軍官。雖然能力階級都不是問題，但是在日本人眼中就是次一等，只因為我們是台灣人。」

「已經接受民主理性洗禮的二十一世紀青年，要回頭習慣盲目不理性的服從，這怎麼可能！我只怕這樣的裂痕會越來越深！」作戰長憂心忡忡的說。

蕭艦長看著一言不發的邱副艦長，沉重的說：

「邱副，當初你就是被寄望當成台日的橋樑！如今，一九四三年的今天，你可要面對更大的挑戰！」

三、石原之禍，在蕭牆之內

1.中國延安，中共中央政治委員會。

「各位同志，蘇聯國際對抗德意志法西斯的戰鬥，在今年（一九四三年）二月份取得重大的成就：德軍在史達林格勒投降！這標誌的蘇聯對德意志法西斯的戰鬥，開始由守勢，轉爲反攻。這對我黨而言，是莫大的鼓勵！標誌著共產國際的勝利即將來臨。我們目前的工作，是要在共產國際在歐洲勝利之後，對我援助之前，確定我黨組織的穩定發展，對日抗戰的持續進行。目前在國內的抗日民族統一戰線，名義上雖然由國民政府領導，但是我黨成功的發展了敵前敵後的游擊和情報組織，我黨規模也在這段時間不斷的壯大。雖然對日戰爭迄今已經進入第六年，國民生活越來越困頓，但是讓國民黨軍和日軍持續的對立消耗，這對我黨的持續發展，至關重要。」毛澤東說。

「最近，重慶那邊的情報顯示，美國在太平洋的反攻，取得初步勝利後，也開始逐漸加大對國民黨的援助。包括美元金援，飛機軍火等支援，現在正透過滇緬交通輸入。當然，日本人也不是笨蛋，開始對這個地區推進。可以預期，滇緬的對日戰爭會在今年達到高峰。這對我黨，也是好事。讓日軍把重心從華中華南抽離，我黨可以更順利發展組織。無論如何，爭取時間，在對日戰爭最終勝利之前，我黨要完成全國性的準備工作。」

「其次是，有情報指稱，日方正透過祕密管道，向國民政府以及美國，提交「和解文書」，似乎有停戰的意向。這點，我黨派駐國民政府人員正想辦法積極的取得相關文件證明。這對我黨可是天大的好消息！我們希望國民黨和日本談，好好談，慢慢談，但談不成！而我黨正可以利用這樣的情勢，公開國民黨和日寇合作，出賣國家，沒有抗日決心，然後順勢接收所有抗日成果。」

「大家要知道，抗日戰爭一旦結束，什麼最重要？民心最重要！要發動無產階級的全國性革命，民心一定要在我們這邊！」

「至於去年有情報指出一艘來自未來的船？根據最新台灣地區組織的情報，發現出沒在台灣基隆港附近。對於這樣一艘船，不論他有多大能耐，對我黨也是一無是處！但是出現在台灣，表示這艘船目前是投入日軍陣營。也就是說，咱們之前的活，是白幹了！但是敵人的敵人，就是朋友！投入日寇，加大美、日的對抗，就能夠確定戰爭的長時間延續，對我也是好事。咱們就靜觀其變！」

「不過從這艘船得到的情報，提到對日戰爭預計會在一九四五年結束，然後我黨在蘇聯共產國際的幫助下，順利打敗國民黨政府，完成全國的無產階級革命等等……。這些，聽聽就好，我們對我黨最終的勝利有充分的信心，現在也不是太平天國怪力亂神的時代，不需要藉由這些預言式的鬼話來佐證。」

2. 今晚的琉球海域，波平浪靜，晚上星空點點。基隆號一行三艘船，從佐世保海軍基地出發，經過了一天多的航行，預計明天就可已回到基隆號的母港：台灣基隆港。

難得的放鬆，蕭志偉艦長走出指揮室，在艦橋甲板上迎著海風，欣賞著星空。邱錦洲走到艦長身旁，兩個人沉默的望著遠方星空，才想起重逢之後，彼此還沒有好好的交談。

「其實你不必多跑一趟，跟著我們回基隆，再跑回東京。石原莞爾如果沒有你，對未來沒有掌握，會放不下心。」蕭志偉艦長首先開口。

「是我自己想多陪陪弟兄們！或許應該說，是多讓弟兄們陪陪我。還有我自己私心，想再多看看台灣。」邱錦洲說。

「無論如何，我代表所有弟兄感謝你。沒有你的幫忙勸說與規劃，石原也好，日本海軍部也好，不會讓我們有這樣的自主性。不納入聯合艦隊管理，直屬於石原首相的特殊艦。不以日本海軍軍港為母港，以基隆為母港。別人或許不知道，但我了解你的苦心：讓基隆號和所有弟兄遠離焦點，遠離戰爭，比較安全。謝謝你！」蕭志偉眞誠的對邱錦洲說。

「艦長您這麼說，好像我成了外人了！」邱錦洲輕輕的說。

「你有你的想法，現在的你所站的位置，和我不同。你要顧忌的不只是我們這一艘船，你要顧及全局。」蕭志偉安慰他。

邱錦洲嘆了一口氣。

「當我發現身處在這個時代，孤單一個人。想起歷史上說的：先知總是孤單的。沒有親朋好友，沒有同事長官。可以選擇一個人孤獨走完這一生，也可以奮臂而起，希望驚聲雷動。我想，既然無牽無掛，了然一生，何不奮起，闖蕩一番。在這個人命只是統計數字的時代，一顆子彈也是死，留名青史也是死，就幹吧！」邱錦洲帶著一點痴狂的微笑。

「只是沒想到，歷史的安排，讓我遇見石原，讓我說服他政變。原以爲可以像歷史上諸葛孔明羽扇綸巾的優雅，強虜灰飛煙滅的豪氣。沒想到當自己逐漸深陷這團歷史大洪流中，那種孤單的感覺，才發現自己的渺小！」

「現在才知道，古人說的：任重而道遠，死而後已。」邱錦洲說。

「你能一步步走到這個位置，也是你的能力。你有豐富的學識涵養，優秀的組織能力，可以感動人的說服能力。要對自己有信心！」蕭艦長說。

「艦長，其實我當時好害怕！我知道二戰的結局，日本的結局，可是我不知道自己的結局！我也怕死，我也怕痛！」

邱錦洲突然默默地流下眼淚，轉過頭對蕭艦長說。

「艦長，沒有你們，我眞的好孤單！一個人好孤單！所以當我知道你們也來到這個時代，我眞的好高興。能再一次見到各位弟兄們，讓我有繼續努力的信心。」邱錦洲擦乾了眼淚。

他們兩人看了彼此一眼，蕭志偉點點頭說：

「錦洲啊，我知道你的想法。如今我們同處這個時代，必須共同面對這個時代。這個時代的日本，是不同於我們那個時代的理解。宏觀的來說，一次世界大戰，是帝國主義狼群對這個世界分贓不均的衝突。第二次世界大戰，是法西斯主義的反撲。通過了這兩次世界大戰，數千萬人的生命犧牲，人類，尤其是「先進」國家，才建立了維護生存人權，自由平等，公平正義這樣的觀念。反過來也就是說：在二次大戰結束之前的世界，是人類達爾文主義理所當然的時代。強可以欺弱，弱必須服強。個人必須爲團體犧牲，下層階級應爲上層階級服務。這些，和二十一世紀的價值觀是大相逕庭。」

「回過頭來看日本，我相信石原是個比較有人道主義的軍事戰略家。但是他畢竟是個軍人，終究追求的是大日本帝國的不滅與生存，永續與繁榮。而我們的目的是什麼？台灣的美好未來以及全艦官兵的生命安全。爲了前者，你積極幫助石原，兄弟們也決心和日本合作。但是爲了後者，我們是否會和石原，或甚至整個日本有價值衝突？我不知道。石原一定有想到這一點，否則不會這麼不放心，要派兩艘船押著我們回基隆。」蕭艦長苦笑的說。

「他終究要預防基隆號像上次一樣和日本敵對勢力合作！尤其是在瓜島撤退行動中，基隆號表現優異。」

「石原的困境，終究還是在於日本內部。日本可以和美國議和，但日本人不會接受和中國議和。因爲狼怎麼會跟羊議和？在日本人眼中，中國人根本稱不上人，是低等人。日本人統治中國，優等人統治低等人，只是剛好而已。石原或許有著平等的人道思想，或許基於戰略合理考量，或許基於你讓他相信日本窮兵黷武的最後結果，但他無法說服日本軍國主義政府的那一群狼，放掉口中的羊！」

「沒有平等對待中國人，就無法與中國議和，也無法和美國議和。因爲任一方單獨與日本議和，在道德層面上，都將背上背棄盟友的罵名。在實際層面上，美國有能力可以贏。美國要的，不會是領土，而是世界的新秩序！唯有打敗所有強權，成爲最終強者，美國才能坐上領導世界的寶座。這一點，羅斯福一定知道。他絕不會讓自己成爲另一個巴黎和會的威爾遜，重蹈美國在一戰結束後的覆轍。」

「羅斯福要的，美國人要的，是軸心國的無條件投降！所以今年初的英、美、蘇在卡薩布蘭卡的會議，就是這個。中國人要的，是停戰，是止血。但美國人要的，不只是停戰，是領袖地位。」蕭艦長說。

「我們要保護的台灣，到底未來會如何？」邱錦洲望著遠方星空，海面平靜。

「如果石原成功了，台灣就要永久留在大日本帝國，我們就要變成日本人。說日文，改日本名！老雷昨天已經跟我說，日本海軍部方面已經暗示，身爲海軍部的一份子，來自台灣，我艦全體官兵都必須遵從皇民化運動的規定。這一點，恐怕會引起許多反感，畢竟船上的小朋友都來自二十一世紀，一個對個人限制和管制非常抗拒的時代！」

「如果日本失敗了，抵抗到最後，那我們恐怕會跟著玉石俱焚。」

蕭志偉說完，嘆了一口氣。

3. 一九四三年六月，東京。

邱顯洲從台灣回到東京，正到石原莞爾辦公室報到。才到門口，就聽見石原憤怒的叫罵聲！

「混帳東西！畑俊六這傢伙到底在幹什麼，沒有記得南京事件的教訓嗎？大日本帝國就是葬送在這一群只會殺人放火的魯莽武夫手中！」

一直到邱顯洲入門，石原還是沒停止咒罵。看著邱顯洲進來，雖然招呼他坐下，還是一幅氣呼呼的樣子。

「台灣方面，一切還好嗎？」石原問。

「報告首相，一月份的瓜島撤退，十分成功。根據我在海軍的觀察，以橋本信太郎少將爲主的少壯派海軍軍官，對於首相的領導，是信服的。尤其是四月十八日美軍如我們預期的伏擊了山本的座機，在山本死亡之後，聯合艦隊缺乏強而有力的領導中心。此刻在橋本的風向引領下，越來越多將領軍官服膺於首相的指揮。」

聽到邱錦洲這麼說，石原莞爾顯得很滿意。

「對美、中的和談要能順利完成，我們自己的內部領導必須鞏固。否則單單是退縮防線這件事，許多好戰的軍官就難以接受。太平洋的退縮還好辦，畢竟美軍強大的壓力以及守護本土防衛圈的政治正確，海軍部可以接受這一戰略。加上基隆號在這一方面的表現，也是加分！只是海軍部這邊沒問題，陸軍部這邊又給我惹出大皮漏！這幫沒腦袋的軍人眞要氣死我。」石原莞爾又一幅氣呼呼的樣子。

「怎麼了？」邱顯洲問。

「你自己看吧！」石原把桌上的：大日本帝國皇軍駐支那方面軍華中司令部廠窖事件報告書，一手丟給邱顯洲。

邱顯洲拿起來細讀，大吃一驚。

大日本帝國皇軍駐支那方面軍華中司令部憲兵部奉命調查，昭和十八年五月九日至十二日於支那湖南益陽南縣廠窖鎮，因支那人民之抗日頑固行爲，造成皇軍人員傷亡不斷。皇軍華中方面司令官畑俊六有必要採取斷然措施，對該鎮採取清鄉作戰。估計支那人民傷亡約三萬……。

邱顯洲對著數字心頭一陣慌顫：二戰史上對日軍殘暴的紀錄，都是眞的！

「這還只是檯面上的報告！憲兵隊自己人所呈現的眞實情形是：畑俊六的部隊屠殺平民三萬餘人，強姦婦女兩千多人，燒毀房屋、船隻無數！幾乎把這個鎮夷爲平地，雞犬不留。起因？就爲了收刮不到財物！」

石原帶著忿氣繼續說：

「中國人窮困，內地中國人更是一無所有。畑俊六怎麼就不想想，當初就是因爲南京事件，松井石根迫於國內外輿論的壓力才下台。我考量到畑俊六對支那作戰的豐富經驗，以及立有不少戰功。加上當年他哥哥畑英太郎當時在滿洲和我及板垣共事，所以由他來接任華中方面軍的司令。」

「把他當成自己人，卻給我搞出這麼大的事情！」石原嘆了口氣。

「怎麼……怎麼就殺這麼多人？」邱顯洲有點疑惑。

「這也是我擔憂的！」

看著邱錦洲還是一臉疑惑，石原解釋說：

「就戰略想法而言，畑俊六從支那戰爭擴大時，就和我一樣，表示憂心。認爲不該毫無止盡的擴大支那戰爭，更不應在東南亞和太平洋招惹英、美。所以這次對支那的和解，我計劃由他那邊開始暫停擴大領地，減少和支那軍的衝突。甚至開始限縮在一般城鎮的占領，退回到控制省級大城市即可。然後再將部隊縮減，一部分調往滿蒙邊境，準備未來的蘇聯戰爭；一部分可以靠慮歸建，充實國內勞動市場。沒想到畑俊六終究沒能力控制底下的軍官！」

「我可以理解：部隊費盡千辛萬苦，在貧困的支那鄉野駐紮。突然又接到撤退命令，一無戰功，二無戰利品。於是軍官縱容士兵劫掠，但劫掠不到東西，一口氣沒地方出，就改成姦淫擄殺。士兵殺紅了眼，屍橫遍野，軍官眼見事態擴大，乾脆不留活口，一不做二不休，殺的一乾二淨。但畑俊六原以爲支那內地湖南偏遠，這事幹的人不知鬼不覺！都什麼時代了，西方人照片沒多久就傳到國際上。」

「我就是擔心：陸軍部如果還改不了把中國人當豬狗一樣態度，這日、中的深仇大恨怎麼解？這戰要怎麼停？」

「對支那蔣介石方面，這件事已經在中國傳開，加上共產黨的強力渲染，蔣介石勢必不敢有進一步的和談。對國內而言，這些號稱大東亞共榮圈守衛者的皇軍，已經變的窮凶惡極的虎狼，沒有餵他鮮美的肥肉，始終就緊咬著中國這隻瘦驢，絲毫不肯鬆嘴！」

「關於和談這件事，勢必要加速。中國的態度轉趨不積極，我們就從美國下手。要讓美國低頭，我需要再一場勝利！」石原莞爾看著邱錦洲。

「基隆號？」邱錦洲說。

石原點點頭。

「恐怕，現在不是好時機！海軍部最近的一些措施，已經激起艦上官兵的情緒反彈。包括比照台灣地區的皇民化措施，強制改日本名，強迫日文學習，逐漸禁用中、英文等措施……。」邱錦洲略帶憂心的說。

石原此刻突然悄然變色，嚴肅的說：

「邱參謀，台灣作為大日本帝國的一部分，你們就是日本人。身為一個日本人，就要以大日本的利益為思考，必要時，甚至要自我犧牲。台灣的犧牲不算什麼，只有大日本帝國的利益，才是我們奮鬥最終的目的。」

石原瞪大眼睛看著邱錦洲說：

「你們要深刻的了解！」

四、日本的台灣？中國的台灣？台灣的台灣？

1. 一九四三年澳洲，盟軍西南太平洋司令部。

麥克阿瑟將軍電覆羅斯福總統：

「敬愛的總統先生：根據您的密電指示，希望我能夠對日本帝國提出的停戰協議，發表看法，並提出具體意見。我在此提出我的看法：狗屁！」

「請原諒我如此直接且不文雅的用語。但是沒有什麼詞可以比這兩個字更具體表達我對日本帝國議和的看法。日本人提出：願意從中國撤軍，從東南亞、菲律賓以及南太平洋撤軍。雙方從夏威夷以西、硫磺島以南、菲律賓以東設爲非軍事緩衝區。且日本人願意就美國在珍珠港事件中的損失，具體補償。乍聽之下，這似乎是一的不錯的交易！太平洋戰爭停止，弟兄們不必再犧牲。我國可以全心全力應付歐洲戰場，儘速打敗納粹德國。」

「我們捫心自問：我們爲什麼打仗，爲什麼對抗日本帝國主義？是爲了在日本卑鄙偷襲珍珠港中傷亡的弟兄？還是爲了所羅門群島中失去生命的年輕靈魂？抑或是進一步的要避免任何一個國家在太平洋建立勢力範圍，衝擊我國的軍事和商業利益？抑或是在道德層面上，我們要維護人道自由主義，打敗邪惡的法西斯惡魔？」

「要我說：都是！」

「親愛的總統先生，以我國的工業實力、軍工規模和製造技術，任何人都看得出來，我國對日本帝國的戰鬥，勝利是遲早的事。關鍵只是在時間、犧牲的成本、以及什麼樣的勝利！這才是國內要討論，爲什麼要有這場戰爭！因爲這牽涉到我們要什麼？日本人要議和，是因爲他們一定會輸，他們要輸少一點！日本偷襲我國珍珠港，戰略目標只是希望我國太平洋艦隊可以癱瘓半年到一年，爲日本爭取在太平洋站穩腳步，形成和我國在太平洋拉鋸，以維護他占有整個東亞。日本妄想以整個東亞爲基礎，形成和我國規模相當的國家規模，在世界上分庭抗禮。然而，事實證明，不到半年的時間，我們就在中途島擊潰日軍。日本的戰略計畫夢碎，接下來只能朝戰略守勢來停損。」

「這樣的事實也顯示：我方一定會贏！就是因爲我方一定贏，我們更要了解，我們要贏得什麼？剛剛我提到的那幾點，沒錯，贏者全拿！但是我要說的是：我們美利堅合眾國，要贏的更多！因爲，這個戰爭，不只是復仇之戰：爲傷亡的兄弟報仇！也是普世價值之戰：是人道主義對抗法西斯極權主義的不人道！更重要的是：是未來的人類世界秩序之戰！要建立一個遵循普世價值，基督教人道主義，避免戰亂的世界秩序！要建立一個公平正義，不是恃強凌弱，弱肉強食的世界秩序。要達到這樣的目標，這世界就必須要有一個強而有力的領導者，就是我美利堅合眾國。要建立強而有力的領導，就必須讓法西斯極權軍國主義徹底的失敗，完全沒有能力死灰復燃。」

「在這次大戰之後，當邪惡軸心國被徹底打敗之後，我國必須在世界的廢墟中，勇敢的帶領全世界走出這個慘痛歷史，重新打造人類的文明。我們責無旁貸，因爲只有我們有能力能夠勝任。在這個目標之下，我們必須徹底打敗日本，打敗德國。而日本、德國別無選擇，只能接受無條件投降！」

「關於上述的看法，我已和太平洋艦隊司令尼米茲將軍分享，得到他的讚同。所以總統閣下問我有關於日本帝國議和的構想，我和尼米茲將軍在此鄭重的回覆是：狗屁！」

「我的具體意見是：堅持對日作戰直到日本帝國無條件投降！」

盟軍西南太平洋總司令　麥克阿瑟將軍　敬上

2. 一九四三年九月，哈爾濱車站。

火車上不斷走出一列列士兵，只是身上還是穿的夏季的軍服。面對著北方的寒風，一個個摩擦著雙手，瑟縮著取暖。渡邊少佐不斷的高聲喊著，要各部隊往集合點集合，一旁的傳令兵冷的不自主抖了起來。

「叫各部隊在集合點旁生起篝火，我們今晚要在這裡停駐，明天一早出發。跟弟兄們說冬季裝備會隨後跟上，到時候就有厚大衣可以穿。」渡邊大佐說。

「可以讓弟兄們去搶嗎？」傳令兵抖著身體問。

「你瘋了嗎！這裡是滿洲，不是中國內地。在內地，我們是王，中國人是畜生，要殺要剮隨我們意思。這裡是滿洲，這裡是關東軍的地盤。你腦袋不靈光一點，隨便燒殺搶掠，到時後吃的是自己人的子彈，我可救不了你。況且，你沒看這滿坑滿谷的部隊，單單是華中派遣軍移調過來的，至少就有幾十萬。軍人比百姓多不知幾倍，夠搶嗎？還是多去找點柴來燒火，比較實際！」

渡邊少佐邊說邊不停的吆喝著。

「長官，來一根菸吧！至少暖和點！」傳令兵遞給他。

「怎麼這麼多人來這鬼地方！又不能偷不能搶，人煙稀少！我們不是要去征服中國嗎？怎麼到了滿洲？」傳令兵沒好氣的問了少佐。

「中國不玩了，有消息說，陸軍部打算停止中國內地的入侵，把重心調來滿洲國。一方面這邊挖到了石油，要保護石油。另一方面，可能要和老毛子幹一場！」

「蘇聯？」傳令兵露出一點驚慌的眼神。

「遲早的事！今年蘇聯打贏了史達林格勒包圍戰，後來又在庫爾斯克會戰大敗德軍，蘇聯已經在歐洲開始反攻。在亞洲雖然還沒有大動作，但和我們硬碰碰，是遲早的事。如今滿洲黑龍江地區又成功的挖出石油，這個地方就成了我們大日本帝國石油重要來源，所以我們要及早準備。要對付蘇聯，除了現有的關東軍之外，這架勢，恐怕陸軍部打算調個一百萬來滿洲！畢竟，蘇聯紅軍可比中國部隊強得多。」

「聽說蘇聯的坦克部隊，非常厲害！」傳令兵說。

「中國軍頑強，蘇聯兵殘暴！」渡邊少佐略帶憂心的說。

「中國軍就別說了，我們在日俄戰爭也打敗了俄國！」傳令兵說。

「此一時也彼一時也！小弟！中國兵裝備落後，士氣低落。但是一旦和我們面對，往往越打越頑強，靠的是軍官犧牲引爆的基層士氣。我們和他們打，他們就算勝，也是慘勝，我們輸不多。但是中國太大了，怎麼打都不投降，我們也占不了它，彼此都無可奈何。但是面對蘇聯的戰爭可不同，是部隊與部對的決戰，是硬碰硬的打法。打裝備，打消耗，打犧牲。會很慘烈，很慘烈！」渡邊嘆了口氣。

「既然這樣，就要給我們足夠的裝備彈藥啊？長官您看這麼冷的天，冬季衣物都還沒配給到，更別說彈藥，還要向關東軍預支，先用借的。已經是九月天了，接下來恐怕就要飄雪了。這滿洲的鬼地方，恐怕比北海道還冷！」

「長官，坦白說，部隊的不滿情緒正在醞釀升高！」傳令說。

「我也知道，從中國占領區的溫柔鄉，被調來這寒冷的鬼地方，又要面對強大可怕的敵人，大家不滿意，有怨言！但是，我們是軍人！軍人就是要服從命令，要完成任務，不要問爲什麼！」渡邊大佐往傳令的鋼盔猛巴了一巴掌！

「我講的是事實啊！長官！」傳令摸摸自己的頭。

日本東京，大本營參謀會議。

陸軍部大臣報告：

「根據首相指示，駐東南亞軍隊維持目前態勢，進入待命守勢。駐華中方面軍精銳部分，已調往滿洲地區，增援關東軍，目前預估總數約五十萬人。主要防衛蘇聯西伯利亞鐵路和中東鐵路、南滿鐵路沿線，以及滿蒙交界平原地帶。」

海軍大臣報告：

「美軍目前的攻勢集中在南太平洋地區。根據指示，我方逐漸限縮這區域的防衛範圍，以減小防衛負擔。預計退縮到硫磺島、台灣區域，守住本土防衛圈。至於基隆號的部分，海軍部透過直接或間接的了解，艦上確實有許多我方目前無法掌握的科技。也就是說：目前無法以我方人員來完全掌控這艘船，這艘船的船員暫時必須維持。對於下一階段作戰規劃，基隆號的部分將採取船隊作戰，納入我聯合艦隊作戰。」

外相報告：

「關於與中國以及美國和解的祕密談判，目前進度如下。中國的部分：蔣介石政府對於我方所提的條件，正嚴正考慮當中。目前的癥結有幾點：關於滿洲的部分，中方要求歸還。中方強調滿洲是我國透過武力奪取，屬於對中方的侵占，自然應當歸還。但是這點，經過我方和中方的折衝，滿洲是未來中日聯合對抗蘇聯的一大關鍵，目前中方無力對抗蘇聯的情況之下，由我國及滿洲國經營，實屬恰當。最後，中方的條件是：滿洲可以擱置，等對蘇聯關係穩定之後，由中日繼續談判。但是中方要求歸還日清戰爭中的割讓的台灣和澎湖，作爲補償。中方強調堅持此點。其次，自去年至今，日中雙方無重大戰役，雙方關係原本進入比較趨緩的氣氛，一直到今年發生廠窖鎮平民殺害事件，經過中國內部媒體渲染國際宣傳，如今中國境內反日情緒高漲，迫使蔣介石的國民政府對和解的談判日趨小心。最後，則是牽涉到美國的態度。中方強調，基於中美英蘇同盟的關係，如果美方無法對日方達成和解，中方不可能單獨和日方達成和解，犧牲和美英蘇的同盟關係。」

然後外相無奈的繼續說：

「至於對美和談的部分，美國方面完全沒有回應。」

石原莞爾看著大本營諸位將領以及政府內閣高層，補充說明：

「和中、美議和的戰略方向，關係皇國興廢，勢在必行，一定要達成。我之所以將華中方面派遣軍抽調離開，一方面是平民屠殺事件之後，讓皇軍離開避免與中國百姓再發生衝突。畢竟共產黨的游擊勢力常常會利用這樣的氣氛，發動平民復仇游擊戰。另一方面也是向蔣介石的國民政府暗示和解的誠意。」

「我還是強調：我們的最大敵人是蘇聯！這也就是我將華中部隊抽調到滿洲的原因。很高興的是，滿洲黑龍江的大慶油田已經開採成功！但也因爲這樣，油田成爲我大日本帝國的命脈之一，必須重兵防守。推測未來蘇聯與我的衝突，仰賴的兩大利器：一是西伯利亞鐵路連結滿洲的中東鐵路，二是蘇聯的坦克部隊。一旦開戰，鐵路必須馬上控制住，避免蘇軍大量運輸人員武器。後者大規模的坦克進攻，應該在滿蒙邊境的平原才適合，將是我們第二個防守重點。」石原對自己的戰略部署，感到自信與滿意。

「報告首相：人員是送上去了，但是補給跟不上！」陸軍大臣無奈的說。

「華中方面軍轉調滿洲國，但此刻的滿洲國已經開始進入嚴寒氣候，根據關東軍的報告，增援部隊的禦寒、駐防、軍需都不夠，每天都有傷寒、肺炎、凍傷的傷兵報告！滿洲國地廣人稀，號稱資源豐富但多數未開發，要靠本地供應，能力有限。之前供應關東軍已捉襟見肘，而且爲了搜刮供應，關東軍和滿洲國溥儀皇帝已鬧的不可開交。如今又湧入五十萬部隊，遠遠不夠。基層的不滿聲音越來越大！國內補給如果不能盡快趕上，恐怕部隊會有譁變的風險。到時候蘇聯坦克沒到，我們已經先垮了。」

「還有，根據大本營先前的決定，從南太平洋撤退的部隊，也有幾十萬會回到國內。目前這情況，這些部隊既不能解編歸田，又沒有戰爭可以打。到時候的就業、供養等問題，恐怕也會造成國內的社會動盪！」

「一面打仗，軍工軍隊不可少；一面談判，軍隊不動又不斷消耗軍費；一面復原，國內經濟又跟不上剩餘人力！戰線已經這麼大，又沒有打敗仗，卻要放下撤回來？這樣的戰略令人不懂啊！」內務省大臣終於忍不住說了。

眼看滿座的將領大臣紛紛點頭認同，石原從剛剛的自滿，轉而面對這樣尷尬的氣氛。確實，與美、中和解越是關鍵，困難越大，引起的爭議與懷疑也會越多。中國聖人孟子說：自反而縮，雖千萬人吾亦往矣。困難，是石原可以預想到的，只是眞實面對，確實艱難無比！

「只要守住大慶油田，美國人的石油禁運自然無傷於我，我們也不需要拉大戰線到東南亞去印尼占領油田。我們爭取到了時間，美國逐漸了解我們和解的誠意，軍事敵對自然減退。則國內工業積極輔導轉爲民生工業，部隊就可以解編投入民生生產。舒緩裁軍壓力！」石原說。

「可是市場呢？我國相較於其他亞洲國家，已進入工業國家。但是生產和市場是一樣重要。所以我國進出中國，就是爲了獨占中國的市場。而驅逐東南亞英美勢力，也有擴展市場的意義。如今駐中國軍和東南亞軍將白白退出，中國和亞洲各國的敵意短時間不會消退，我國工業產品將無法進入，恐怕引發國內經濟危機！」

內務省大臣似乎不放棄這機會好好說一說。

「確實，首相大人：陸軍部內部，對於從中國撤軍一事，許多人感到不能接受。耗費了如此龐大的人力物力，如今卻默默地拱手把成果讓回給蔣介石？首相大人一直強調：我們未來的敵人是蘇聯？可是，我們現在作戰的對象是中國和美國啊？蘇聯甚至沒有和我們宣戰！好吧，就算未來的敵人是蘇聯，等到我們占領中國，抵擋美國，屆時我統合中、滿、蒙的資源，難道就無法打敗蘇聯？」

「當年日俄戰爭，全世界都不看好，我們也以無比的意志和決心，贏得了勝利！首相大人一直相信我們的擴大作戰方針會造成大日本帝國的覆滅，是否對我大日本帝國太沒信心！」陸軍部大臣沒好氣的說。

石原等他們都一一說完，耐著性子向他們說明：

「戰爭打的，是科技高度與資源消耗。前者我們和歐美並駕齊驅，後者是我們的痛處。我們進出中國，扶植滿洲，是爲了資源和市場。我們進出東南亞，排除英美勢力，也是爲了資源和市場。我們必須面對現實：美國的工業體量是我們的數十倍，中國的人口和土地體量也是。同時對付這兩個國家，我們無異是自取滅亡。當初對中國的作戰，沒有達到預期的效果，也就是中國投降成爲我們的附庸國。當下就應該思考戰線退縮，沒想東條英機一股腦的軍國勝利思想。爲了逼迫中國，我們需要石油能源。因爲能源，需要擴大占領整個大東亞：印尼的石油，馬來西亞的橡膠。爲此目標，就必須挑戰美國在太平洋的勢力，才開啓日美戰爭。如果這個戰爭規模持續，我們不僅會戰敗，而且是慘敗，國家將會成爲焦土！我不是對皇軍沒有信心，不是對戰爭做悲觀的猜測，我說的是：事實！」

「如果說到科技高度，首相大人，我們現有基隆號的科技，就遠高於美國海軍科技！」海軍大臣有信心的說。

「基隆號現在只有一艘，況且基隆號的科技和我們現在的科技有無法跨越的斷層，至少在幾年之間是無法銜接上的斷層。當然，根據基隆號的經驗，我們開始對所有軍艦裝配搜索雷達，也改變戰術。但是基隆號一旦被擊沉，就沒了。所以我的安排，要讓基隆號有最有戰略效果的運用，也就是去彌補珍珠港沒做到的：摧毀美國的航空母艦戰力。這不是打敗美國海軍，而是爭取時間和優勢，和美國議和。畢竟美國海軍龐大的工業實力，大家都看到。在珍珠港事變到中途島戰爭短短半年，就可以恢復，甚至更加壯大，這是我們所不能企及的。對美國的作戰，我們的勝利，是爲了之後的議和。」

「總之，我大日本帝國必須儘快從這場戰爭的泥沼中抽身，否則後果不堪設想。」石原肯定的對大家說。

只見眾大臣紛紛不以爲然，交頭接耳。

3.石原辦公室中，邱錦洲沉默以對。

「你如今身爲一個日本人，要以大日本帝國的利益爲優先。台灣是你的故鄉，出生地，你固然對台灣有深厚的感情。但是，一旦這利益和日本的利益相衝突時，你必須有所取捨。中國要取台灣，作爲失去滿洲的補償，安撫中國國內反對議和的聲浪。一旦我們和中、美和解，大日本帝國對於南進的策略就可以終止。屆時，台灣對我們的戰略地位將會降低。當年日清戰爭，我們要取得台灣，是制霸東亞海權的思想。如今戰略思考已經改變，我們讓出西太平洋，守住滿蒙防線。這些戰略規劃，也是歸功於你的貢獻。」

石原突然露出微笑說：

「說到這裡，我還沒好好獎勵你。我們成功在大慶找到石油！確實如你所說，藏量豐富。」

「但是無論如何，台灣必須是日、中議和的台階，不是絆腳石。」

石原莞爾轉回嚴肅的表情。

然而，石原不知道的是：邱錦洲的初心，竟是要避免台灣如歷史發展的方向，成爲中國的一部分。邱顯洲深感挫折，畢竟經過一年多的努力，以爲歷史做出巨大改向，結果卻一樣：台灣將送給中國國民政府。那日後是否如歷史所預料：國民黨潰敗台灣，白色恐怖，國共對抗，直到二十一世紀的中國威脅？邱錦洲不知道！這到底是人類歷史的慣性，還是冥冥中的安排。

太多的難以解釋，讓他一句話都說不出口。

石原看著沉默的邱錦洲，又轉爲溫和的語氣：

「我很感激你的一切建議，等戰爭結束，你一樣可以衣食無虞的回到台灣看看。但是這一切，都必須在你我預先規劃的戰略成功的前提下，才有意義。只要大日本帝國永續存在，你我也好，台灣也好，未來都有機會。還有，我必須強調，你所擁有的歷史，在我們選擇不同的未來之後，會沒有用處。但是這段時間以來，我欣賞你的成熟思慮，對美中的了解觀察，對我幫忙很大。我希望你一直留在我身邊，也是對你的肯定與回報。和你所有擁有的歷史資源一樣，基隆號總有一天會耗盡，會損壞。到底以我國現在的科技能不能銜接上基隆號的科技，我無法確定。但是這場戰不可能靠基隆號打贏，而是靠我們對美國的戰略了解，你的了解！但我會以對你的態度來安排基隆號的所有成員們！你們都是大日本帝國的有功之人！」

聽著石原莞爾這麼說，邱錦洲知道，他是軟中帶硬！他和基隆號的戰略價值，在於對美軍未來動作的了解。短期來說避免日本海軍進一步的失敗耗損，長期來說對於結果的預知讓他和石原有努力的目標，要讓大日本帝國轉向，避免如鐵達尼號撞向冰山！可是一旦歷史如航向一樣偏離，他所擁有的歷史資訊將不再重要。一旦不重要，他就無法在改變什麼，包括台灣的命運。

一九四三年秋，基隆號高階軍官會議。

首先是輔導長雷中校的局勢報告：

「轉眼之間，我們來到這個時代已經一年多了。經歷了廣東補給，與日本合作，瓜島救援戰鬥。感覺起來，一九四三年到現在，台灣比較平靜一點。不過大家別輕忽了，世界各地還是戰火炙烈的時候。在歐洲，義大利已經向盟軍投降，轉而向德國宣戰。但是諾曼第登陸還要到明年中，西線的盟軍和德軍還有的打。東線的蘇軍已經開始反攻，根據歷史，德軍會逐漸退敗。亞太地區的部分，美軍的反攻，菲律賓是重點，預計也是在明年中才開始。中國內地戰場目前呈現拉鋸平靜的情況，華中地區日軍部分已經撤離。根據邱副之前的透露，預計調往滿洲地區增援，提早預防蘇聯。」

「這段時間，弟兄們的生活情緒還好嗎？」蕭艦長問。

「坦白說，幾個月來大家已經習慣目前的生活。官兵生活還是以艦上生活爲主，輪休官兵可以上岸住進日軍招待所，每週一批次。這是我方爭取得來，避免過度和日軍混雜，減少問題。休假官兵可以在基隆地區活動，但是不得外宿。軍餉的部分日方均比照軍階按時送來，這部分沒什麼問題。但是……」

雷中校頓了一下，繼續說：

「皇民化的部分，日軍特別在意！已經收到兩、三次日方的命令，希望登艦督察成果。重點包括全艦標示文字日文化，文件日文化。官兵日文能力，學唱皇民歌曲，日本海軍軍歌以及日本海軍文化學習課程等等，還有……官兵改日本姓名。坦白說，大家對於改日本名意見不少！」雷中校無奈的笑一笑。

「軍紀事件有幾件，主要還是上岸休假的官兵喝酒起衝突，有兩件有招惹到日本憲兵，不過基於我艦的特殊地位，對方是交由我方自行懲處。已經分別給予禁假和關禁閉的處罰。」

「坦白說，我和醫官討論過，稱這個叫做：時空穿越症候群。弟兄們沒有家庭沒有歸屬感，領了軍餉就是享受生活，最直接就是喝花酒喝個爛醉，當作洩壓。所以……」雷中校看著大家。

「軍紀是最重要的，不可以散漫！」蕭艦長嚴肅的說。

「軍紀、體能、戰技、演練，這幾個月有點鬆散，連我都注意到了。各位高階軍官，要開始嚴格督導。尤其是體能！小朋友們有體力喝酒鬧事，就表示體能過剩！看來體能訓練要再增加，跑步跑累了，就會少點鬧事精神。還有演練！艦上防火，防暴，修復，這些應變演練要不斷的反覆。我們接下來，是有任務的。」

蕭艦長這麼一說，大家聚神仔細聆聽。

蕭艦長接著說：

「昨天邱副艦長和我聯絡過，也把最新的命令用電報傳過來。主要有幾點：首先，爲了加速與美國的和談，大本營規劃新一波的對美作戰。戰略上，希望在摧毀美國至少一到二艘航艦，挫折美國銳氣，把美國拉上談判桌。目前鎖定的目標就是菲律賓。根據歷史，菲律賓對麥克阿瑟有精神上的意義，是他決心反攻的目標。抓住這樣的心裡因素，石原規劃：如果能在接下來海戰中重挫美軍，然後在談判中上把菲律賓端上，美國應該會認眞考慮和談。在作戰規劃上，我艦納入聯合艦隊編制，由大和號帶領，打算把明年中才會發生的馬里亞納海戰提前到明年初。現在聯合艦隊的航空母艦損失不少，海軍部知道單靠大型戰列艦，無異是美軍軍機的活靶。所以，我艦所具有的長程搜索以及長程攻擊的能力，將做爲聯合艦隊的防空以及空襲的主力。」

「意思就是整個聯合艦隊只是爲了押著我們去打美軍！」作戰長苦笑著說。

「作戰長說得沒錯！」蕭艦長說。

「邱副也看得出這樣的意思！但是我們是聯合艦隊現存的防空以及空中攻擊唯一的希望。大家應該都知道，大和號這樣的巨艦，在琉球海戰中沒兩下就被美軍的攻擊機擊沉！二戰的太平洋是戰列艦的墳場，航空母艦興起的里程碑。」蕭艦長說。

「我們必須接受？」作戰長說。

「大家覺得，我們能有選擇嗎？」蕭艦長對著大家說。

選擇？在人屋簷下，不得不低頭。眾人的決定，要投靠日本，要改變台灣命運。台灣諺語說的：頭都洗了，只能洗完。投靠中國，會失去台灣的主體性，投靠日本，一樣要當日本人。基隆號，台灣島，不論是中國的台灣，還是日本的台灣，就是沒有台灣的台灣！

作戰長雷中校緩緩說：

「大家別忘了，當初全艦官兵決定要倒向日本。就應該知道，這條路，沒得回頭。大家要體認到：我們不是和日本「合作」，我們是選擇被納入日本帝國體系。基隆號只是一艘這時代最先進的船，但現在是國與國的戰爭，大型的會戰。我們成了台裔日本人，更何況是日本軍人，就必須服從日軍的命令。要知道這個時代的日本，一樣是沒有自由民主平等的專制帝國。就算等戰爭結束，基隆號幸運的沒被擊沉，終有一天會老朽成爲一堆廢鐵。到時你我歸建成爲平民白姓，也是台裔日本人！這是你無法選擇或排斥的。」

大家聽到這樣的話，只能無奈默認。

蕭艦長接著說。

「關於彈藥的補給，日本方面就五寸砲的彈藥開模生產，預計下個月可以補充完畢。但是每分鐘發彈數降至十發，準確率恐怕也會受到影響。至於魚叉反艦飛彈和標二防空飛彈，當然就是打一顆少一顆，沒得補。如果要擊沉航空母艦這樣規模的船艦，魚叉反艦飛彈至少要數枚。魚雷在遠距投射不易，用處不大。我們最好能在戰鬥轟炸機群進入攻擊距離之前，擊毀航空母艦。否則以現在海空大戰的規模，我方船艦恐怕也逃不過數十甚至百架次的戰鬥機群攻擊。」

「也就是說，大家要有心理準備，我艦的戰力會在這次的戰役中消耗殆盡。」作戰長說。

「如果能順利達成作戰目標，把美國拉上談判桌。到時候中美日停戰，日本在二戰提早下莊，台灣就能夠順利留在日本國內，避免二十一世紀的台灣深陷在中國威脅之下，這是大家所願！如此也不枉邱副之前的努力，和我們這樣的犧牲！」兵器長說。

聽到兵器長這樣說，大家也只能無奈的表示認同。其實打從一開使全艦官兵選擇「積極投入歷史，改變台灣未來！」大家心裡都明白，終有一天，飛彈打完了，基隆號損壞了，他們也和當代的一般人無異。差別在於，二十一世紀畢竟是歌舞昇平的和平年代，而現在是人命如草芥的戰亂時代。

然而，兵器長才說完，蕭艦長卻面露困難。停頓了一下，語重心長的說：

「關於這點……我接下來要告訴各位不好的消息。」

「邱副艦長的密電提到：關於日、中的議和，也陷入談判困境。中方因爲之前日軍在華中的屠殺平民行爲，反日氣氛大增。爲了消彌民怨，中方又提高了條件。由於日方對滿洲所有權的堅持不讓，中方強硬要求日方必須放棄一八九五年馬關條約中的台灣澎湖，交給中國，作爲中國放棄滿洲的補償！對於這點，日本政府是同意的。」

蕭志偉看著大家，所有的人驚訝的說不出話。

「這是在開什麼玩笑嗎？我們辛辛苦苦繞了一圈，結果居然又回到原點？邱副是在幹什麼？改變歷史，讓二十一世紀的台灣不受中國威脅？這不是邱副當年費盡千辛萬苦，忍辱負重，心中所堅持的理念嗎？如今台灣因爲議和要交給中國？那我們先前犧牲的弟兄，基隆號堅持到現在的目標，完全沒有意義？邱副？邱副不能向石原據理力爭嗎？」兵器長忍不住，含著眼淚說。

「老謝，邱副艦長畢竟只是石原莞爾的一個政治參謀，他不是日本首相！對日本而言，確實滿洲重要！滿洲有日本需要的煤鐵，最近也開採出石油，台灣沒有這些。台灣有什麼？我們常說的戰略地位，但那是爭霸太平洋才有意義。如今石原已經打算拱手把西太平洋讓給美國。犧牲台灣，只是把國防線北挪到琉球。我跟你感到一樣的悲傷，但我悲傷的是台灣身爲一個小島國，在國際社會上搖擺的無奈。想想看，琉球、朝鮮不也是如此！被強國左右，誰強就被誰吞併，因爲這是這個時代的國際規則。關於讓日本提早退出戰爭的共識，對你而言，或許是可以留在日本國內，避免二十一世紀的中國威脅。對我而言，是想到自己可以幫助提早結束戰爭，讓中國、日本、台灣、美國還有菲律賓東南亞的國家人民，可以避免歷史上的犧牲。如今這樣的結果，確實讓你我都失望！但是我相信，邱副艦長一定盡了全力向石原爭取！他盡力了！」

蕭志偉無奈的說著。

「不可能，這樣的結局不可能！我無法接受！」

兵器長謝中校握緊雙拳。

第四章

一、一九四三年十一月新竹大空襲

1. 一九四三年十一月的滿洲國黑龍江地區，早已經寒風刺骨，積雪超過一公尺以上。渡邊少佐拖著疲憊的身軀，披上單薄的大衣，帶著兩名隨從，沿著巡邏哨一個一個巡查著。從九月份到達哈爾濱，就馬上轉移至大慶，最後設防在滿蒙邊界。這兩個月上級命令急如星火，不斷催促。部隊幾乎沒有休息的時間。滿蒙邊境，地廣人稀，遊牧民族早已往南遷徙避寒，部隊急切但緩慢的移動，只靠少許車輛載運重裝武器，沿途不斷有傷兵落下，只能讓他們原地等待。因爲補給都還沒運送到，傷兵只能等待補給趕上，回程時再將他們後送到大慶或哈爾濱。

爲什麼這麼急？因爲大慶油田開採成功之後，這裡要取代印尼的石油，成爲大日本帝國的主要能源。但是地處黑龍江，滿蒙交界之處，北面有大興安嶺森林阻擋，而大興安嶺南麓是俄國時期所築的中東鐵路。由歐洲來的西伯利亞鐵路，於赤塔分出支線往南，在滿洲里進入滿洲國界，經齊齊哈爾到哈爾濱，一直往東到綏芬河出滿洲國，最後到達俄國的遠東不凍港：海參威。這條鐵路標誌著俄國也好，蘇聯也好，對滿洲的野心不滅。

對大日本帝國而言，雖透過日俄戰爭的慘勝取得滿洲，但是從明治到昭和時代，日本上下都了解，只要蘇俄這頭北極熊站起來，勢必會再次爭奪滿洲的主導權。雖然日中戰爭開始之後，日軍爲了緩解滿蒙蘇邊境的壓力，於一九四一年四月簽訂日蘇互不侵犯條約。然而雙方都了解，這不過是片面的承諾，因爲當時蘇聯也忙於對付納粹德國的擴張。不論哪一方先從戰爭的壓力中解放出來，一定會片面撕毀這個承諾，大舉攻擊對方，取得永久優勢。

然而，一九三九年諾門罕戰役日軍慘敗的陰影，依舊籠罩在日本皇軍當中。畢竟當時有皇軍之花的關東軍，面對滿蒙大草原上蘇軍坦克的攻擊，毫無招架之力。日本當時最先進的九五式坦克面對蘇聯T28坦克更是不堪一擊，在裝甲防護和火力都遠遜於蘇聯坦克。皇軍百輛坦克超過一半被擊毀，兩個關東軍師團被圍殲。

「少佐，只靠我們建立這樣薄弱的防線，可以擋得住蘇聯的坦克嗎？」隨從問到。

望著一望無際的滿蒙大草原，靄靄白雪，渡邊咳了幾聲。連日來的操勞加上寒冷的天氣，單薄的裝備，他也染上了風寒，如今只能靠著體力和意志力苦撐。

「目前能阻擋蘇聯的，只能靠惡劣的天氣。希望德國在歐洲戰場，能夠盡量拖住蘇聯主力。讓蘇聯分身乏術，爲我們爭取更多的時間，建立防線。否則一旦明年開春，蘇聯在歐洲戰場反攻成功，必定騰出手來攻占滿洲。」

渡邊心想：原本滿洲的戰略地位和煤鐵礦已經夠吸引人了，如今再加上大慶油田豐富的石油，蘇聯這頭北極熊不會放棄這塊流著油的肥肉！

「聽說大本營正積極在和支那及美國停戰議和，如果南方和太平洋能夠停戰，集中全力對抗蘇聯，我們不會輸的。現在我們最重要的是：做好每個人的工作本分！」渡邊少佐激勵的說。

回到部隊，已經是日出時間。整晚的巡夜，讓渡邊疲憊不堪。正準備躺下好好睡一覺，突然之間營區警報大作，接著是電話聲響起：蘇蒙聯軍突破防線，正朝的我們部隊逼近。各部隊集結組織抵抗，反坦克部隊立刻往前線集結。

渡邊馬上衝出營區，此時敵方的砲彈已經開始在周遭附近落下。日軍的山砲和輕重機槍都不是蘇軍坦克部隊的對手。和炮聲一樣籠罩著大地的，是百輛以上的坦克部隊發出的隆隆聲響，越來越近。讓這些習慣面對中國軍落後武器的華中派遣軍弟兄，恐懼異常。渡邊不斷的精神號招大喊：守住陣地，決不撤退！然後一陣砲彈如流星雨般落下，渡邊整個人被炸飛。

就在他闔上雙眼之前，看著坦克車輾過他的身軀，往大慶的方向開去。

日本東京，首相府。

陸軍參謀和陸軍大臣急忙會見石原：

「蘇軍在今天清晨以坦克部隊突破我關東軍滿蒙防線，直衝大慶油田。在摧毀設備以及對油田放火後，目前在撤離當中。我關東軍缺乏大型坦克、空中支援的情況下，潰不成軍。」陸軍大臣說。

「蘇聯不是要占領，他們只是要癱瘓我們的石油生產，讓我方不敢再繼續投產大慶石油。因為他們有實力，隨時可以破壞我們的一切建設。」陸軍參謀說。

石原莞爾整個癱坐在椅子上。

2. 一九四三年十一月二十五日上午八點半，江西遂川機場。

美軍駐華第十四航空隊第二十三戰鬥大隊，大隊長大衛·李·希爾上校，對著第十一轟炸中隊以及護航的第二十三戰鬥機大隊，做完戰鬥簡報。說明等一下的作戰目標：預計九點半出發往台灣，低空飛行越過台灣海峽，轟炸日軍新竹機場，摧毀日本航空戰力。

眾隊員紛紛散去，預計隨行的時代雜誌特派記者白修得正轉身離去，卻被大衛上校拉住。大衛上校叼著煙，先是遞給白修得一支煙，然後輕鬆的吐了一口煙圈。

「緊張嗎？」大衛上校笑著問。

「沒事！不緊張。在中國待了快十年了，都生活在戰火中。子彈火砲見多了，緊張沒有，難過很多。」白修得也吸了一口煙。

「這確實是個苦難的國家！所以我們這趟任務，有幾個目的：實質目的是擊毀日本駐台空軍實力。之前的偵照顯示，約有近百架的飛機是目標。預計這次攻擊，日軍的抵抗薄弱。許多攻擊戰力都被調往其他戰場支援，台灣目前不是主戰場。對他們而言，戰爭尚在遙遠的地方。」大衛上校說。

「既然如此，為何花費精神攻擊台灣？」白修得說。

「首先，要試探日本在台灣的防禦能力！華府那邊，正為了尼米茲和麥克阿瑟兩派反攻意見爭論不休。尼米茲覺得直取日本領土，包括台灣、琉球，然後東京。麥克阿瑟打算繼續他的跳島戰術，先拿菲律賓然後琉球。他的意思是日本人經營台灣五十年，台灣人已認同自己是日本人，台灣之戰一定會慘烈犧牲。日本人占領菲律賓時間尚短，美國人的根基還在，拿下菲律賓較為容易。」大衛上校說。

「我看是爲了麥帥自己的實踐諾言：我將回來！言猶在耳。」白修得笑著說。

「當然，大家都知道！不過總是要拿的客觀事實來討論，華府才能做決定。當然，第二層意義，是給中國這個積弱的國家打一針強心劑，鼓舞一下士氣。也檢驗一下美中軍事合作的成果。說實在的，這群中國人學習認眞，能力也強，實在不輸我們自己的飛行員。這個國家假以時日，應該還是大有可爲！」大衛上校說。

聽到上校這麼說，白修得也嘆了口氣。

「這個國家苦難太多太久！又窮又亂！四方強敵都想分而食之。廣大的農民純樸可愛，有志之士心急如焚，政府領導卻貪贓枉法。中國的苦難還不會結束，人民還要繼續受苦。」

「所以我們要幫中國人民提振一下精神：美中航空大隊重創日本台灣航空戰隊！時代雜誌的標題我都幫你想好了。等一下你可要好好的爲我們照些美美的、清楚的航空戰鬥照片。特別請你參加，就是爲了這件事。爲了你臨危不亂的攝影專長！到時候別嚇尿了，否則我要你同事會把它寫在時代雜誌！」大衛上校笑著說。

「當然沒問題！」白修得也笑了。

「其實你我還有一件特別任務。」大衛上校突然嚴肅的說。

「尼米茲特別指派：藉由這次任務，要我幫忙蒐集一個情資。之前在瓜島戰役最後的日軍撤退衝突，我方發現日本有一艘先進的戰艦。這艘戰艦有雷達，有先進的長程攻擊能力，在遠距離擊毀我數架飛機以及……一艘驅逐艦！根據中國方面的情報顯示，這艘船曾經出現在台灣北部海域，基隆港，巴士海峽，以及中國廣東汕頭一帶。尼米茲已經通令這些區域相關人員，頃全力找出這艘船，畢竟這種先進的遠距攻擊能力，會對太平洋艦隊的航母造成威脅！」

白修得眼睛爲之一亮，大衛上校繼續說：

「中國和台灣的情報人員過去這段時間積極查訪可能的港口地區，發現在基隆港有長駐一艘特別的船。目前只有手繪的大概形象，是符合猜測。所以尼米茲想藉由我們這次任務，去確認這件事。基隆港和新竹機場大約距離一百公里，約十五分鐘的航程。你我的特別任務，就是飛去具體的確認，照相，紀錄這艘船。預計攻擊的三十分鐘，你我將帶領一個小隊前往基隆港，完成以後再飛回會合返航。」

白修得點點頭。

大衛上校輕鬆的又吐了一口煙圈，笑著說：

「等一下坐穩了，可別吐在我的飛機上！」

中國重慶，國民政府軍事委員會。

「蘇聯突襲了東北黑龍江的油田，日本關東軍和滿洲聯軍一觸即潰。新建設的大慶油田慘遭破壞，油田失火。日本政府雖然透過外交體系向蘇聯提出抗議，但是並沒有對蘇聯宣戰。蘇聯政府則把攻擊責任推給外蒙古。聲稱日滿聯軍在滿蒙邊境部署重兵，日軍並侵入外蒙古邊界挑釁。外蒙古軍隊反擊，蘇聯部隊則是應外蒙古之邀請助戰。」

「但是根據日方說法以及確定情報，蘇聯用上百輛坦克突襲，不單單只是臨時助攻，我方推測戰略目的是大慶油田。一方面摧毀大慶油田，斷絕日方的能源供應。另一方面要震攝日滿，挑明地說：毀了大慶油田，日本人也不敢再修，因爲蘇聯隨可以過來摧毀。這，讓日本顏面掃地，下一步又尷尬困難。」張群祕書長報告說。

蔣介石點點頭，然後看著大家說：

「日本把華中的部隊派往東北地區，一方面表示和談的誠意，另一方面就是爲了守護大慶油田。沒想到蘇聯才在歐洲地區反攻德國，居然還有能力拿出百輛戰車放在遠東，看來蘇聯的工業實力也是不容小覷。雖然小日本在華中地區撤兵，但是我們在華中的進展也很緩慢。英美正在緬甸和太平洋苦戰，我們不得不咬牙幫忙，把精銳放在滇緬，要爭取更多的美援支持。只能期待同盟國的最終勝利！」

「我們在國土境內，只能扮演拖著日本的角色。但是最近這幾件事情也讓我不得不思考一下中日議和到底對我們有沒有好處？一旦議和，雖然國家可以休生養息，民眾百姓可以脫離戰亂之苦。但是失去東北的責任重大，共產黨可能會大做文章。其次，縱然以台灣澎湖作爲補償，日本是同意的。但是之後日本承諾，協防我國阻擋蘇聯，取回外蒙古和新疆。這點，在這次蘇聯突擊的結果，顯示日本關東軍的實力，遠不如我所預料。一旦議和，有可能最慘的情況將是：我失去東北，拿不回外蒙古，西藏還在英國人的勢力範圍。這議和，似乎越來越不划算！」

蔣介石搖搖頭。

「滿清丟了外東北和中亞，我們手中丟了東北和外蒙！原本還算是秋海棠，怕最後變成了斷頭老母雞！」張群祕書長說。

蔣介石繼續說：

「議和的事，我和美國大使談過。美方對日方的議和，國內的主戰派是強烈反對的。據我所知，羅斯福總統也不贊成，他認爲美國勝券在握，只有日本無條件投降，才行遂行美國的戰後世界秩序。美國目前所無法掌握的，是要犧牲多少代價。」

「美國人的戰後規劃，關於我們會有哪些？」孔祥熙部長問。

「經濟上，美國預計把戰敗後的日本的工業生產機具，作爲戰爭賠款，一方面讓日本經濟衰退到一九二〇年代，扶植我國經濟，作爲美國在亞洲最堅定的友邦，幫助穩定東亞的局勢。在領土方面，我則希望至少要恢復到清代時期，台灣澎湖就不用說了，東北外蒙是基本的。外東北的部分，如果在美國打跨日本，我們趁勢反攻的情況下，兵鋒迅速席捲東北，則外東北在蘇聯還沒回神之際，當然是有機會能取回。不過……。」

蔣介石嘆了口氣。

「蘇聯在滿洲的這一回馬槍，打得日本慌張，我和羅斯福恐怕也心煩意亂。納粹德國看來並沒有如英、美所預料，把蘇聯打的奄奄一息。斯大林這一動作，擺明了就是要給我和羅斯福看：滿蒙地區蘇聯說了才算！對我們而言，取回領土的關鍵，不是打敗日本，是蘇聯必須奄奄一息，無力東顧。如今羅斯福也料到，就算日本戰敗，蘇聯會成爲美國的亞洲對手。」

「蘇聯有西伯利亞鐵路加上中東鐵路迅速進兵，我們從大後方到東北還要長途跋涉，連一條直通的鐵路都沒有！更要擔心的是，如果滿蒙眞的讓蘇聯勢力進入，斯大林必定轉而扶植共產黨。畢竟美國需要親美的我們，蘇聯一定也會選擇的親蘇的毛澤東！」副參謀總長白崇禧說。

「苦撐了這麼多年，如果落得這個結果。不僅拿不回祖先的土地，打完日本還要繼續剿共，那還不如提早議和，剿滅共匪。」蔣介石嘆了一口氣。

「還有一件事，前天中美聯合航空隊從我江西基地起飛，突襲台灣的新竹機場，以寡擊眾，兩個中隊大約三十架飛機摧毀日軍機將近百架。證明日軍在台灣的防衛力量已被抽離，這也是中美聯合航空隊自成立以來獲得最大的戰鬥成就。」張群報告說。

眾人點頭稱是。

「先前我方情報指出的一艘神祕戰艦，在離開廣東汕頭海域後，也在這次空襲中，意外確定停泊在台灣基隆港。美軍帶領的大衛上校親率戰鬥偵察機在基隆港清楚拍攝且確認這艘船，目前已掛上日軍旗幟，屬於日本海軍。」張群說。

蔣介石停了一下，說：

「如果之前的情報沒錯，這艘船有超乎美、日現有船艦的長程搜索和打擊能力，打擊範圍甚至超過航空母艦艦載機。美軍在瓜島戰役見過一次，由於會威脅到美方的航母，太平洋艦隊司令尼米茲將軍很在意。如今在我方情報的協助之下，順利找到這艘船。接下來，就看怎麼跟美軍合作，將它消滅。」

3. 飄著冬雪的街頭，讓一九四三年底的東京異常寒冷。

原本因為恐懼美軍可能的轟炸，加上太平洋戰爭之後軍需供應需求大增，民生物資日益限縮，街上的繁華景象不再，多得是整條街稀少的身影，和緩慢飄落的雪花。

黃昏的市街，突然被四面八方的人群吵雜聲及口號聲所籠罩。不消一會兒時間，十字路口被四面八方湧來的群眾擠滿，高呼著抗議政府的口號！旗幟上面標誌著各的遊行示威的抗議團體：大日本皇軍駐支那華中派遣軍後援會，華南派遣軍後援會，印度支那半島越南派遣軍後援會，香港派遣軍後援會，馬來亞派遣軍後援會，印度尼西亞派遣軍後援會。除此之外，包括支那地區上海、廣州、香港商會，以及各個海外商會，也陸續出現其中。許多人高喊大東亞共榮圈的口號，高喊支持支那占領，堅決對美作戰等等支持戰爭的口號！

原來，大本營的議和決議以及停止擴大戰爭的戰略，許多駐紮東南亞以及中國的占領軍陸續撤回。除了增援滿洲的部隊外，陸陸續續撤回的部隊回到日本本土。但是戰爭持續當中，中美對議和的態度不穩定，進度緩慢。部隊既無法解編，又沒有戰鬥任務，於是喝酒鬧事造成社會動盪。許多人將這歸咎於石原內閣的對外軟弱態度，明明對支那作戰勝利頻傳，卻不再擴張。放棄得來的占領區，軍人商人都失去了掠奪和搜刮，傾銷和獨占的地盤。再來是部隊消耗龐大，百姓生活困頓，社會矛盾和衝突加劇。於是整個日本從一九四三年中開始，逐漸的陷入失控的社會秩序。

在首相官邸，遠處的怒吼抗議聲，讓窗戶玻璃不斷的震動著。石原略顯焦慮的靜坐著，慢慢感受這壓力襲上心頭。副官進來遞上茶，輕聲的對著石原莞爾說：首都衛戍部隊已經在官邸周邊嚴密防備，絕對不會讓暴民進入官邸範圍，首相可以放心休息。

石原想起：一年多前，他就是在這個辦公室，把東條英機趕下台，軟禁起來。東條英機是個十足的軍國主義者，絕對的主戰派。這些人的腦袋只有戰爭，以為戰爭可以解決任何問題。日清戰爭的大勝，賺取的大筆的銀子，改善國內經濟。日俄戰爭的勝利，改善了日本的國際地位，能在巴黎和會和列強平起平坐。然而，沒有政治思考的戰爭，最終會導致滅亡。因爲挑戰的地位越高，戰爭的對手越強，終於日本挑戰了美國！

這一切，在邱錦洲的口中一步一步的證實！爲了改變日本滅亡的命運，石原奮起推翻東條英機。一年多前的他，信心滿滿，畢竟戰爭的殘酷是眾人所厭惡的！然而，長年的軍國主義教育和未曾有重大失敗的大日本帝國，顯示出不甘心如此彎下腰停住腳步。國際局勢的詭譎變化讓議和沒有一帆風順，面對國內外壓力不斷傳來，石原此時也不得不思考：

未來的日本，會被他帶到哪個方向？

石原心裡想：

未來的日本，無論如何會比無條件投降的戰爭焦土來的美好！

畢竟未來的日本，要和世界各國和平相處的！不可能永遠把中國人當成當年的清奴，不可能和美國永遠敵對！

但是，要如何反轉這個局勢呢？精神上，要讓人民繼續相信石原的領導能力，石原需要一場大勝利：翻轉馬里亞納海戰！聯合艦隊加上基隆號、擊沉美軍數艘航母的大勝利，逼迫美軍議和。縱使他也了解，美國人想要完全的勝利，想要在戰後領導世界，但是這個接下來美軍這個損失，就是要逼美國放棄這個想法，才有可能和日本坐上談判桌。

一旦美國如此，蔣介石就不需擔心國內壓力，中國也名正言順一起議和。而日本和美國中國議和，脫離軸心國聯盟，如義大利一樣，蘇聯就沒有藉口可以對日本宣戰，滿洲地區對峙壓力雖有，但也將會舒緩。

只要戰爭結束，軍隊可以復原，軍工生產可以馬上轉入民生用品生產。中國的仇日情緒一定會持續，但是保有朝鮮和滿洲國，日本仍然有足夠大的空間市場可以容納移民和販賣商品。

石原精神爲之一振，心想：馬上，一定要讓聯合艦隊和基隆號做好準備，把歷史上的馬里亞納海戰提早到明年春，這將是石原戰略的關鍵之戰！

突然，窗外傳來無數的槍響！石原和副官不安的看著窗外，庭園上靜靜落下的雪花……。

管家衝進辦公室，驚慌的大喊：

「報告首相，大事不好！抗議民眾想要衝進官邸，守衛部隊開槍，已經有幾十名群眾倒下……。」

基隆號高階軍官會議。

「大家應該知道，上個月二十五日，美軍對台灣展開了第一次的空襲。日本航空隊的新竹空軍基地被美軍摧毀，戰損大約有近八十架飛機。這一點，還是如我們原先所了解的歷史，一樣發生。」蕭志偉艦長說。

「我們到底改變了多少歷史？歷史到底做了多少改變？真的很難預估。」兵器長靜靜地說。這段時間，一種難以言喻的抑鬱以及陰霾籠罩在基隆號上。

當台灣可能被作爲補償，在議和條件下交給中國這消息傳出，許多人表明無法接受！當初積極想改變的歷史，最後繞了一大圈，犧牲了幾名兄弟，結果是回到原點。交給中國國民政府，接下來的國共內戰，二二八事變，國民政府遷台，白色恐怖知識份子清洗，以及二十一世紀的中國威脅，難道也是如預期般的發生？許多人甚至怪罪到邱副身上，覺得他沒有盡力改變這件事！

邱錦洲的發來的電報上寫著：

「聽到這樣的消息，我的心情，和各位一樣難過。起初我也是這樣想：沒想到台灣的命運，無論如何無法改變！然而，大時代的環境下，我們選擇投向日本，就必須以日本來考慮。因爲日本將變成我們的根基，根基穩定，以後還有機會突破。一旦達成議和，台灣雖然交給中國，但是大家都知道，接下來的國共內戰，將會持續一段時間。二二八事變一旦發生，我將會請石原首相出面，請美國協助台灣局勢的穩定，屆時爭取美國或日本託管。然後再將希望寄託在託管後的島民自決，仍然是很有機會。」

「請各位弟兄相信我，爲了改變台灣命運這個目標，即使犧牲我個人的生命，在所不惜！」

蕭志偉艦長看著各位一臉鬱卒的樣子，連忙坐挺身子說：

「各位是個軍人，不論面對什麼樣的困境，都要挺得住。我們是這艘船的指揮中樞，我們的第一目標，是維護全船弟兄的生命安全，其次是堅定執行任務。如今我們全船同意納入日軍指揮體系，就是協助日軍，在犧牲最少的情況下，打到最後一發飛彈，完成這個時代屬於我們的任務。至於歷史的改變，不應該是我們去想。我相信邱副艦長了解我們，他在石原莞爾的身邊，會盡全力。而我們也要盡全力。尤其是下個月，我們將和聯合艦隊一起出發，到馬里亞納群島作戰！這是一九四四年的第一戰，也是我們最大的一戰。你我都可能犧牲，兄弟都可能犧牲。要體認到，這是作戰！

「同船一命，服從團結是我們的使命，分裂的一艘船，是一定會沉沒的！」

蕭艦長說。

「我覺得我們這艘船，就像二十一世紀的台灣！中國要我們，號稱愛我們。美國日本好像愛我們，卻又拿我們當中國的擋箭牌。基隆號也好，台灣也好，都是流浪在世界的一艘孤船。」兵器長沒好氣的說。

「坦白說，我覺得當初希望積極介入二戰改變台灣歷史的，主要是船上的年輕人，各個信心滿滿。也確實，大家投票同意的！而現在，面對歷史轉折不如預期，面對日本人的發號指令，就覺得不習慣不順眼。一聽說下個月要出發大戰，底層的聲音又起：不想為日本人賣命？不想犧牲的毫無意義？說真的，路是大家選的，沒得回頭啊！這是個動不動就會死一堆人的戰爭時代啊！還在想二十一世紀的自由民主，個人權利！真是時代不同，想法不同！」作戰長越說越氣。

「時代不同？我們可是在我們爺爺的時代！」兵器長沒好氣的回著。

看著作戰長和兵器長的爭論，蕭艦長說：

「關於同船一命的心理建設，請輔導長積極輔導。大戰將至，必須在心理上和戰技上都做好十足的準備。小兵們沒想那麼多，情緒發洩一定是有的，他們還年輕。我們要堅定我們的信念，就是確保戰爭任務中人員的安全。畢竟，這是戰爭，這是實戰。大家經歷過一年前的那場日軍空襲戰，應該知道，這時代的海空戰爭，都是大數量的對戰。我們也是第一次協同作戰，一定要確實掌握我艦的任務和角色，避免過多以及無謂的犧牲！」蕭艦長說。

「武器儲備如何？」蕭艦長接著問。

「五寸砲彈已經完全補齊，標二還有四十三枚，魚叉反艦飛彈上次只用掉一枚。」兵器長說。

「我們這次的目標是摧毀美軍的航空母艦，取得戰略勝利。爲保持安全，我們要用遠距離投射能力打擊航母。這頓位要靠好幾枚反艦飛彈才行。先癱瘓航母的行動能力，再由聯合艦隊的海空魚雷攻擊來擊沉。這次，恐怕要會把魚叉飛彈打光！」

蕭艦長說。

二、皇國興廢，捨我其誰！

1.中國重慶，軍事委員長辦公室。

張群被急忙招見，才剛到門口就聽見蔣委員長在大發雷霆。進門坐下，蔣介石帶著盛怒之後的餘氣，拿著幾份報紙丟到桌上。

「都甩開了！都全給我炸鍋了！國民政府內到底有多少共產黨奸細，我們說什麼做什麼，毛澤東一清二楚！我這個國民政府軍事委員長是個空殼子！」蔣介石氣沖沖的又出了一大口氣。

張群拿起新華日報還有國內各大報，頭條都是大拉拉的：國民政府對日乞和，東北奉送日寇！或者是：國民政府棄美拋英，對日求和，東北淪喪之類的標題。

「新華日報起的頭，應該是共產黨在煽風點火。但是新聞太具爆炸性，所以各報不得不跟進報導。」張群試著安撫一下蔣介石。

「我當然知道是共產黨在搞的鬼，但是許多還在談的祕密文件，都跟著洩漏出去，我們的政府內部到底出了什麼問題！到底有多少中共同路人在我身邊？這一點，我已經請戴笠好好的去給我查一查！所有涉及的人都要嚴格審訊，追查出洩密者和共諜！」蔣介石說。

「共產黨要破壞議和，避免我們對日停戰之後，轉而繼續剿共！而蘇聯主力尚在歐洲，共產黨目前沒有靠山，無論如何，他們要破壞議和！」張群說。

「找你過來，是要處理幾點：首先是美國的態度，據我說之，日本也想和美國和解，但被美國軍派政府給否決。如果我們有意思和日本和解的消息傳出，美國方面就嚴正看待。美國正積極在援助我們，讓我們牽制大批日軍。我們一旦和日軍議和，破壞同盟，則援助成了資敵，大批日軍會轉而對抗美軍！所以美國堅決反對我方和日本議和的可能。」蔣介石說。

「如今整個炸鍋了，委員長，這議和恐怕是談不下去了……」張群略帶遲疑的說。

「當然不談不下，所以不要再回應日方所有的接洽。整個早上政府忙著處理全國各方打來的抗議電報，尤其是東北幫的！有人已經私下放話了：萬一這一切是眞的，東北幫可能會整批轉而支持共產黨！宣稱：只有共產黨在抗日，國民政府只要剿共！」蔣介石說。

「說這些話的人，實在太過分！國軍抗日打得這麼辛苦，傷亡以百萬計，軍官以上陣亡殉國更是不計其數！如今一筆抹煞，功勞苦勞一筆抹煞！」張群說。

「共產黨見縫插針，先前就說我們只剿匪不抗日，如今更抓住這個議題，把抗日民氣都往自己身上吸！無非就是想要伺機壯大，奪取政權！」

「無論如何，這個議和談不下去。請你過來，首先是好好的跟美國說明，強調沒有密約，沒有和談，我們堅決抗日！美國人不喜歡我，你比較溫和，和他們說得通。其次是壓一壓媒體，正式澄清政府抗日決心，禁止媒體妄加猜測。最後，東北那一幫人，從張學良被我關起來以後，就對我心懷悶氣。如今加上對日議和犧牲東北這件事炸鍋，恐怕人心浮動。必須加以安撫，但更要避免這些人導向中共。內有共產黨，外有日寇，政府內部還是要團結一致。不能外患未平，蕭牆禍起。」

日本長野，輕井澤町。

大雪紛飛，積雪盈尺。一九四三年十二月的長野縣，寒冷異常。森林小屋前的警衛守著門前燃起的小火爐，瑟縮的烘烤著。這樣的天氣，守衛著這座小屋的應該是寸步難行的積雪以及寒風刺骨的風雪。

其實不然，小屋周邊四處布滿崗哨，旁邊一座營房莫約有二十名的後援部隊。荷槍實彈的衛兵緊緊的把這個小屋護衛的密不透風，不敢有任何閃失。走進小屋，一層樓的日式建築外加額外的防空地下避難室，布置簡單。客廳中的壁爐正燃燒著柴火，衛浴和臥室則收拾的乾乾淨淨的。

一個清瘦硬挺，莫約六十歲的男人端坐書桌，正收起手中的毛筆，每天上午的練字是固定的早課。桌上恭恭整整宣紙上練習書寫著：「大東亞共榮圈、皇國興廢，在此一役」等等大字。

他抬頭看了一看牆上的掛鐘時間，微笑了一下。然後起身做一個伸展身子的動作。靜靜地走到壁爐前，拿起鐵鉗，夾起了一塊正燃著的火炭。先是點了手上的菸，然後將火炭往壁爐後的臥室走去。

窗外的守衛仔仔細細的看著這男人的動作，也不以爲意。這麼寒冷的天，點燃臥室的煤爐增加暖意，待會好再睡個覺。於是轉身繼續對著炭火烤暖，一直到突然傳來門後傳來木柴焚燒的霹靂聲。往回一看，猛然發覺小木屋從後方的臥室端整個起火燃燒，煙霧開始往客廳大門方向竄出，卻看見屋內的男子，站在客廳輕鬆的微笑著。

兩名警衛趕忙衝進去屋內，一把手就先將屋內男子往門外拉，另一名警衛趕忙將身上的大衣脫下，給男子披上。才剛喘口氣，轉頭一望，不自主的舉起雙手。

身邊有數十名軍人正舉起槍枝對著他們。

帶頭的軍官對著守衛的士兵說：

「你們的部隊已經被繳械了！你們放下武器，大家都是大日本皇軍，我們不會傷害你們，我們只是來接將軍回去。」

帶頭的軍官恭恭敬敬的對面前的男人行一個軍敬禮。

「東條將軍，您辛苦了。很抱歉我們來遲了，讓您受罪。」身邊另一名士兵馬上把貂皮大衣披上他身。

他，就是前日本大本營領導：東條英機首相。

2.一九四三年十二月，聯合艦隊司令部。

聯合艦隊總司令豐田副武和小澤治三郎中將正在就下個月即將前往馬里亞納海域與美軍作戰的戰略戰術規劃，進行討論。此時，石原莞爾突然到訪。

隨從給石原脫下大衣，地上熱茶，石原輕鬆地坐下。

「我這次來，主要就這次作戰有關基隆號的部署，給你們指示。我想你們已經都了解，基隆號是一艘擁有不屬於這個時代戰力的戰艦。他可以對距離兩百公里以上的目標進行搜索與打擊，這點，無比重要。」

「所以我們目前的規劃是：基隆號將至於聯合艦隊後方，和上次瓜島戰役一樣，作爲艦隊的戰情中心，以遠距離接敵。等待敵艦出現，再以飛彈摧毀敵艦。只是……首現爲何確定美軍一定會大規模出戰？」小澤治三郎中將

石原搖搖頭微笑的說：

「先聽我說：敵人會出現，首先是有獵物，有目標。敵人會大群出現，是獵物眾多，勢力強大。對美國而言，這次的目標有二：首先是塞班島，美國積極的要尋找夠近的地點空襲我國，美軍對太平洋的反攻，塞班島一定是戰略反攻點，只是時間的問題。既然如此，所以我們要主動對美軍作戰。」

「其次的目標，是『基隆號』！」

「基隆號對美軍有這麼大的吸引力？」小澤治三郎中將問。

「中途島戰役之後，我軍之所以喪氣，美軍之所以氣盛，是因爲航空母艦彼長我消！而現代海戰已經證明，海空聯合作戰才是硬實力，大口徑艦砲的時代已經過去了。在瓜島一戰中，美軍發現了基隆號的飛彈戰力。試想，如果航空母艦成爲目標，對美軍是很大威脅。根據情報指出，美軍已經千方百計在尋找基隆號，上個月的台灣新竹空軍基地空襲，其實是掩護美軍對台灣基地的偵查，也包括對基隆號在基隆港的偵查。當然，美軍還不充分了解情況。」

「根據推測，美軍認爲長距離打擊「可能是日本最新科技，也可能不是！」，但根據中國提供給美軍的情報，美軍將確認目前我方這樣的戰艦應該只有一艘。於是一旦基隆號出現在戰場上，美

軍一定會傾全力要攻擊它！」石原莞爾說。

「所以你的戰術要改變！」石原對著小澤治三郎說。

「要把基隆號當誘餌！」小澤治三郎中將問。

石原莞爾微笑的點點頭說：

「我們的目標是消滅美軍的航母戰力，不是保全基隆號！你們也知道，基隆號的科技，是我們目前無法複製的！留著既然無法讓我國科技跳躍，就要做最好的犧牲！一艘基隆號能夠吸引美軍主力，換得三艘以上的美軍航母，也就值了！」

豐田副武和小澤治三郎中將彼此看了看，也點點頭。

石原走到地圖桌旁，邊指示邊說：

「基隆號將要成爲艦隊的前鋒，旗艦武藏號作爲艦隊指揮中心，航空母艦作爲後衛。有基隆號的長程雷達，我們的航母就可以擺在安全的位置，減少風險，避免犧牲。但是爲了要吸引美軍的航母投入決戰，我把聯合艦隊手上現有的航母都交給你了！小澤治三郎中將！」

石原抬頭看了一眼小澤治三郎。

小澤嚴正的點一下頭示意。

「一旦發現美艦，要基隆號馬上發起攻擊。美艦一旦發現基隆號，一定會調派所有航母艦載機，集中攻擊基隆號。一旦發現更多的我軍艦隊，勢必會調動更多的美艦，傾全力攻擊。這樣，這場戰爭就能順利成爲我們要的決戰！」這是第一階段目標。

「其次，基隆號被圍攻，不要急著救！等基隆號消耗大半以後，才會逼基隆號盡全力摧毀美軍航母！」石原莞爾說。

聽到這裡，豐田副武和小澤治三郎似乎有點不解？一直以來，海軍本部以為基隆號是石原莞爾不知道從哪裡弄來的嫡系戰艦。怎麼石原莞爾這樣說，似乎在預防基隆號「不聽話？」

石原莞爾看著兩位海軍高層，了解他們的困惑。

「非我族類，其心必異，況且這次是要他們去犧牲！這艘船是來自台灣的船，船員都是台灣人。我也曾想把船員都換下來，但是跨時代的船我們沒辦法操控。只好一直留用原班人馬，一方面作為安撫，一方面也是現實無奈。」

「但是兩位也知道，台灣人自古的評價就是：愛財、怕死！這次的戰役，對我大日本帝國的戰略意義太大，不能有絲毫閃失。所以戰術上的安排，任何可能都要考慮進去。我希望聯合艦隊要派三名軍官上基隆號，作為聯絡官。其次，基隆號在前，武藏號在中，要確保基隆號在武藏號的主砲射程內。一旦不幸有所異狀，我們可以一炮把他打沉！」

「首相閣下是怕基隆號會叛逃？」豐田副武問。

「我說過，任何可能都要考慮！」石原莞爾堅定的說。

兩位將軍點點頭。

「一旦確認美軍航母位置，基隆號吸引著美軍艦載機的注意力，我方航母艦載機將迂迴到美軍航母艦隊側翼，對美軍航母展開致命性的打擊。這一戰，兩位將軍要克盡全力，一定要大敗美軍，逼美國坐上談判桌。」

「美軍就像滿洲國的狼，基隆號就是立地蒙冰的匕首，我們要讓他慢慢的流血倒地。」

石原堅定的說。

一九四四年一月，基隆港。

蕭艦長和作戰長在船舷看著收纜準備的小兵，感受著台灣冬天特有的東北季風吹拂，讓人拉高了領子，整艘基隆號也微微的晃動著。

「報告艦長，隔壁兩艘就是跟著我們隨行的護衛驅逐艦。預計和上次一樣，跟聯合艦隊在宮古海域會合。」作戰長說。

「一年多前，我們在這裡出發，跟著我們的是兩艘成功級。如今，我們成了聯合艦隊的一員。兄弟們也將成爲日本人！」蕭艦長說。

「恐怕很難融入！這時代的日本人，意識形態管控可不比國民政府鬆！即使是美國，也還在種族歧視的社會氛圍中。」作戰長苦笑的。

「聯合艦隊派駐的三名軍官，已經妥當安排了？」蕭艦長問。

「都已經安置妥當，食衣住行都沒問題，他們覺得我們的船可是又大又舒服！」作戰長說。

「派三個小朋友盯緊他們，不該去的地方，尤其是武器、輪機這些重要地區，不要讓他們碰！他們是來監視我們的，你我心知肚明。三個軍官在船上，兩艘驅逐艦跟著我們，石原莞爾對我們還是不放心！」

「邱副在東京，有什麼消息嗎？」蕭艦長問。

「關於這次作戰，是邱副和石原共同擬定的。把歷史上原先發生在一九四四年六月的馬里亞納海戰，或稱菲律賓海戰，拉到這個月。邱副的說明：東京的局勢越來越不穩定，軍人鬧事，百姓抗議，對石原內閣造成越來越大的壓力，這是其一。美軍反對議和態度強硬，認爲美軍必勝，必須給美軍嚴重打擊，讓美軍考慮議和，這是第二。所以，這場戰役對石原內閣意義非凡。如果美軍帶頭議和，則中國必定跟進。日本如果能藉由勝利站在議和制高點，或許……國民政府提出台灣收回的要求，可能還有轉寰的空間……邱副是這樣說的……」作戰長說。

蕭艦長苦笑了一下說：

「老簡啊！歷史眞是一個耐人尋味的東西。你知道，歷史上的菲律賓海戰，美軍是由誰率領的嗎？」

「這……我不知道！」作戰長說。

蕭艦長露出無奈的微笑說：

「美軍太平洋艦隊第五艦隊斯普魯恩斯中將，他也是中途島戰役的英雄！」

「也就是我們紀德級基隆號的前身，「斯普魯恩斯」級防空驅逐艦的「斯普魯恩斯」！」作戰長會意的說。

「沒錯，我們的前身斯普魯恩斯級就是以他命名的。紀德級當年就是因應伊朗需求而建造的防空加強版的斯普魯恩斯級！」蕭艦長尷尬的笑著說。

「這一年多來，我越來越相信兩點：歷史的慣性和歷史的巧合！可是越是這樣相信，越是讓我恐懼！我們原本自信，對這時代的「未來歷史」瞭如指掌，可是面對這樣的未來，我卻如履薄冰。」

「歷史上，這場戰役是日本海軍大敗，從此一蹶不振。接下來的雷伊泰灣海戰更是兵敗如山倒，美國在太平洋勢如破竹，進入完全反攻！最後，日本海空軍只剩下神風特攻隊！」

「我們現在到底眞的走在一個開創的新歷史？靠著我們的對舊歷史的掌握還有我們單獨一艘船的戰力，可以翻轉整個戰局結果？還是終究會被歷史的強大慣性所拉回，回到美軍大勝的歷史必然？這點，我身爲一個艦長，也感到茫然！」蕭艦長說。

「此外，弟兄們要逃避二十一世紀的台灣威脅，寧可投入一九四二年代的日本專制帝國！我作爲艦長，只能執行全艦的決議。但這畢竟是戰爭，兄弟們太不了解戰爭，以爲是二十一世紀打手機遊戲，戰爭是活生生血淋淋的生命喪失！我們身爲基隆號的領導中樞，保護全船弟兄的生命安全是我們這一年多來堅持的首要。但如今要帶領全艦弟兄，往這場明知道凶險萬分的戰鬥，只爲了一個信念：改變二十一世紀的台灣未來？自己的渺小，歷史洪流的巨大，世界局勢的瞬間萬變，種種矛盾心情，連身爲艦長的我都感到困難。」蕭志偉艦長無奈的說。

「艦長，我們要堅持下去！」作戰長平靜的說。

其實兩個人都清楚明白，這條路已經決定要走，只能走下去。

蕭艦長和作戰長走回指揮室。

「引擎啓動，鳴笛，出發！」

響亮的船笛響徹雲霄，在引港船的引導之下，基隆號緩緩往港外移動。基隆的小山上，種芋頭的老農稍停下來看著大船出港的場景，單純的微笑著。不遠處山丘隱密處，台灣抗日地下游擊隊的成員正用望遠鏡，靜靜的記下這一幕。

3. 日本東京，首相官邸。

下了一整晚的雪，東京的清晨晴空萬里。剛剛盥洗完的石原莞爾，還在著裝，副官臉色緊張的敲門進來。石原略帶遲疑，但神色輕鬆的看著他。

「怎麼了？」

「報告首相……陸海軍部大臣以及其他內閣成員一早就到官邸要拜見您！」副官緊張的說。

石原心裡一頓想，大概了解。

於是不疾不徐的穿好正式的軍裝，走出臥室。只見海陸軍部大臣以及幾乎所有內閣成員都已在會客廳等他。

「大家一大早就過來，有什麼事？」石原慢慢的坐下，拿起熱茶聞香。

「是時候，你該起身換位子了！」門外突然傳出一句話。

石原抬頭前看，一個清瘦男子軍裝革履的緩步走進來，在石原的對面緩緩地坐下來，是東條英機。

「給東條英機閣下上茶！」石原莞爾看著東條英機，請副官上茶。

陸軍部大臣把一張紙和筆放在桌上，恭敬的對著石原說：

「內閣眾大臣懇請石原首相以國家爲念，辭去首相職位，內閣解散。」

石原把辭職聲明拿起來瞄了一下，看看眼前的東條英機，氣定神閒的樣子。再環伺周遭的這些大臣，然後起身往辦公桌上走去，窗外天空一片晴朗，庭院上的已經布滿了衛兵。仔細一看帶頭的軍官，已經不是自己親衛隊。

「你已經眾叛親離了！」東條翹著腳，微笑的說著。

石原回過身拿起筆，在辭職聲明上簽名，一旁的副官馬上取過來遞給陸軍大臣。陸軍大臣拿起辭職書向東條示意，東條英機點點頭，於是眾內閣大臣開始向石原辭退。只剩下荷槍實彈的幾名護衛，還有東條英機。

東條輕鬆的拿起茶杯喝著，石原也面對面坐下。

「當輕井澤傳來你被接走的消息後，我就知道這一天。只是，你可以不必這麼大陣仗，把所有內閣都找來！」石原說。

東條輕鬆地笑著：

「我要看，他們是不是都反你！更要看，他們是不是我的人？」

「怎麼處置我？也把我找的地方藏起來，還是，一槍把我斃了？」石原盯著東條問。

「哈哈哈！」東條英機發出了狂笑聲。

「石原啊石原！你太自以爲是了！你已經眾叛親離了你知道嗎？把你藏起來，不用！槍斃你，只會髒了我的手，污了我的名！等一下衛隊把你送回故居，你就在那裡待著。我不必擔心有人會去救你，因爲沒有！你剛剛自己看看，整個內閣都反對你，整個日本社會動盪不安！軍人沒在前線殺敵，百姓飢寒交迫。大日本皇軍在中國戰無不勝，如今卻卑躬屈膝要中國議和！大日本皇軍占領東南亞菲律賓馬來半島，你卻要奉還給美國，乞憐求和。大日本皇軍的臉面，都讓你丟光了！你還有身爲一個日本皇軍的軍魂嗎？你怎麼對得起那些爲皇國興廢犧牲的人。」

東條英機不屑的說。

「我是爲了日本的未來！不能讓你這個軍國主義狂熱份子讓日本變成皇國焦土！」石原莞爾不服氣的回嗆。

東條英機伸展一下脖子，氣定神閒的說：

「在我的領導下，日本兼併朝鮮，擁有中國、東南亞、菲律賓馬來半島的殖民地，有滿洲國作爲附庸國。我們的商人可以在這些地方銷售商品，我們可以享受這些地方的勞動力、戰略資源，沒有歐美帝國主義的干擾。日本人是優秀的民族，我們註定要領導整個亞洲，大東亞共榮圈，不是嗎！」

一聽東條英機這麼說，石原莞爾忍不住激動的說：

「從明治維新以來，爲了擺脫國家的侷限與窮困，我們要亞洲擴張。爲了擴張朝鮮，我們挑戰中國。爲了中國戰爭，我們挑戰美國。確實，我們贏了中國，贏了俄國，但是我們不斷挑戰比我們強大數十倍的國家，難道我們可以打遍世界無敵？諾門罕一戰我們敗的一場糊塗，那還是面對蘇聯。現在我們的對手是美國，國家實力又遠強於蘇聯！無止境的打下去，我們憑什麼？能剩下什麼？」

「你可別忘了，滿洲國也是你一手創建的！如果你不贊成擴張，確保大日本帝國的生活圈，你會這樣做？如今你卻來反對我？」東條英機有點輕蔑地說。

「滿洲國的建立，是作爲對蘇聯和中國的緩衝國，防衛蘇聯所必須！」石原說。

「那就對了！」東條氣憤的大聲斥責說：

「我創建大東亞共榮圈，不也是保衛大日本的生活安全。你說滿洲國是對蘇聯的緩衝，我的大東亞共榮圈不也是！往南，有菲律賓馬來西亞對美國的緩衝，往西南有東南半島泰國緬甸對英國的緩衝，往西有滿蒙對蘇聯的緩衝！你說我們挑戰比我們大的巨人，那是你總是把日本看得太小了！我們殖民這些地方，擁有這些地方的人民勞動力和資源，我們就變成了巨人！我們將以這樣的日本，以歐、蘇、日、美四足鼎立，成爲統治世界的巨人！」

「時代已經不同了，世界將走向平等！帝國主義奴役殖民地人民的不平等，將會不存在了！你只是一個軍人，你只知道輸贏，對於政治和社會，你完全不了解！」石原嘆口氣說。

東條英機更是不屑的說：

「你所說的平等，在哪裡？英國人統治印度數億人，印度人吭聲嗎？我們殖民中國，中國人敢吭一聲嗎？你所說的強大美國，黑人平等嗎？歐美帝國主義橫行以來，這個世界有過平等嗎？強國領導世界，弱國任人宰割。不正是因爲這樣的壓迫，我們才有明治維新，才有船堅砲利，戰無不勝的日本！你所說的世界平等，又在哪裡？這世界沒有平等，只有強弱！我是不懂社會主義那一套，但是我懂人性！人性就是不平等，弱肉強食！」

石原冷笑著起身，戴起了軍帽，副官馬上把大衣將他披上。

「我會讓你眼睜睜地看著我打造出領導東亞的大日本帝國！」東條英機輕蔑地看著眼前的石原。

「看來，我終究逃不過歷史的慣性，註定活著眼睜睜的看你把日本變成一片焦土！」

幾位衛兵押送著石原莞爾離開。空蕩蕩的首相會客室，東條看著窗外，又開始飄下了幾片雪花，讓他想起輕井澤的森林。

昭和天皇諭令：石原首相因身體不適，請辭內閣總理大臣職務，即日起解散內閣。特令東條英機將軍爲新任內閣總理大臣，重組內閣。

美國夏威夷，太平洋艦隊司令部。

情報官報告：

「根據從日本方面的情報人員情報，聯合艦隊已經出發。至於作戰目標的推測，根據破解的日本密碼，應該是前往馬里亞納群島海域，尤其是塞班島地區布防。」

「日本難道已經知道我們準備對塞班島的攻擊行動？」尼米茲頗爲不解的說。

「雖然有可能，但是從常理推測，日軍在太平洋節節敗退，戰力大減，目前已經進入國土防衛圈保衛戰，日本人也知道。塞班島，菲律賓一旦被突破，日本本土將進入我國轟炸機的轟炸範圍之內。日本國土防衛圈的保衛戰，只是遲早的事！加上我方對日方所提停戰協議不屑一顧，相信日軍也料到要提早準備！塞班島不過是個小島，海軍的對決才是重點。日本這次一定會集結重兵，要我決一死戰！他們若是贏了，可以阻擋我們前進，也可以大大鼓舞日本士氣！他們若是輸了，東京就可能成爲一片焦土！所以，他們一定會盡全力，這會是場大戰！」中途島戰役的英雄，斯普魯恩斯中將說。

「還有一點！」情報官補充說。

「根據中國轉來的情報消息，之前被確認停在台灣基隆港的神祕日本軍艦，也出發離港，隨行還有兩艘驅逐艦。根據推測，以及日本情報破譯，很可能要和聯合艦隊會合，一同參戰！」

一聽這麼說，尼米茲精神爲之一振！

「這樣，就太好了。爲了要完全殲滅日本海軍，能有一場決戰，我們求之不得！原先在我心頭的這艘新式日本戰艦，也在此一起前來，正如我意。日本人主動求戰，我們就順勢以對，全力以赴！斯普魯恩斯將軍，我在此任命你率領第五艦隊所有戰力投入，務必將日本海軍殲滅。」

尼米茲司令自信滿意的說。

三、大東亞共榮圈

1. 日本東京，總理大臣東條英機新內閣第一次內閣會議。

「我們雖然是新內閣，但是大家都是老面孔。大日本帝國的依靠，就是我和各位大臣。石原內閣也好，東條內閣也好，各位都是內閣的支柱。首先我強調，我不會追究任何當初和石原合作的任何人！我相信大家只是一時被石原所蠱惑，對我大日本帝國的未來抱持失敗主義。加上當時海軍在中途島的失敗，產生悲觀想法，卻忽略我大日本的眞正實力。」

「如今石原已經證明他自己的失敗，大家也都看在眼裡：從中國內地的撤軍，反而造成國內動亂，蘇聯突襲滿洲國，關東軍一敗塗地！美軍對和解根本不屑一顧，對中國的戰爭節節勝利，卻反而低頭要和中國議和！國內外都亂成一團，石原的失敗，註定不可避免！當初他不殺我，恐怕也是自己知道局勢終究會無法收拾，需要我再出來帶領大日本。」

東條看著全體內閣成員，輕鬆的坐著繼續說：

「但是，爲什麼我們大日本帝國皇軍如此不堪一擊？我來告訴大家：因爲軍人最重要的，是軍魂！軍魂是建立在犧牲的光榮與必勝的決心！石原這個傢伙，完全不了解作爲一個軍人的軍魂。把失敗主義注入皇軍的思想，卻妄想這樣的皇軍能夠保持堅強戰力，是痴人妄想！我們的關東軍爲什麼會對蘇軍一戰而潰，就是因爲失去了軍魂。爲什麼失去了軍魂？因爲失敗主義已經蔓延在軍中！

所以我們現在首先要做的，是重新讓大日本軍魂注入皇軍，讓皇軍再次成爲虎狼之師！」

「石原的另一個錯誤，是誤以爲全面開戰，會拖跨我們自己。殊不知，英美這種傳統帝國主義國家，就是服膺英雄主義，尊敬強者，鄙視弱者。我們怯懦議和，就會被視爲弱者。我們的征伐，當然短時間會增加自起的負擔，但是我們勢如破竹，直取菲律賓東南亞和馬來亞，讓美軍咋舌，讓英軍潰敗，就是對英美立威。才能反轉大日本，讓英美不敢隨便對我挑釁。」

「這世界，只有強者對弱者才有議和。我們對中國的議和，是要達成我們征服中國的目標，讓中國成爲我們的附庸以及市場，不是和中國這種低等國家的平等共存！對於美國，我們現在最重要的是傾全力打贏美國，而不是和美國議和，讓美國宰割。認清我們自己的戰略目的，我們的下一步，就很清楚！」

東條英機挺直腰桿，自信滿滿的說：

「對中國的部分，要善用石原種下的中國議和。國民政府和我們的祕密談判，在中國炸鍋了，應該是共產黨的陰謀。但是無論如何，對我們都是天大的好消息。中國人民質疑國民政府的抗日決心，動搖對蔣介石政府的支持。共產黨利用這個情勢擴大國共分裂，吸收共產份子壯大自己。對我們而言，分裂的中國就是上天給我大日本皇軍鋪路。陸軍部馬上研議下一步擴大中國戰區占領計畫，所有後撤部隊全部原部隊調回中國。宣傳部門也擴大宣傳日中議和的細節，尤其是蔣介石要承認滿洲國，要與我同盟抗蘇聯，讓中國民眾相信，蔣介石無心對抗我們，滿腦子想要對抗共產黨和蘇聯而已。但是要強調：是國民政府對我們乞和，這點非常重要。」

「中國人，永遠學不會團結，都是一盤散沙！但是，請示總理大臣，滿州的部分如何處理？面對蘇聯的坦克大軍，我們還沒有對應的武器！」陸軍部大臣說。

「對滿洲部分，蘇聯，確實是一個頑強的對手。但是我剛剛已經說了，無論面對多麼強勁的敵人，堅強必勝的決心，爲國犧牲的光榮軍魂，才是重中之重！官兵不畏死不怕難，任何敵人都可以擋下來。當然，陸軍部要針對蘇聯坦克的特點，趕緊生產更新型的反坦克砲和坦克，給關東軍送去。空軍飛機的部分，暫時要等到太平洋的戰事舒緩，再全力支援滿洲。反正冬天的滿洲天寒地凍，空軍能助戰的時間不多。這些在還沒送達之前，儘量爭取緩衝時間。所以，我決定大慶油田暫時不恢復生產，以免再度吸引蘇聯的攻擊。其次，大家別忘了，滿洲國還養著百萬左右的士兵。這些人平時也是吃糧領餉的，蘇聯來的時候，就先讓他們去擋一擋蘇聯坦克，就算都當成了炮灰，也多少延遲蘇軍的速度，爲關東軍多爭取一些時間反擊。」東條英機說。

「報告首相大人，關於先前規劃的馬里亞納海戰，聯合艦隊已經於日前出發，請問計畫是否照常進行？」海軍部大臣說。

東條英機點點頭。

「照常進行！雖然石原把局勢弄的混亂不堪，但是我對我們大日本海軍，對豐田副武和小澤治三郎這幾位將軍還是有信心。大日本防衛圈也是要守住，菲律賓要守住，越南緬甸、印度尼西亞和馬來亞都要守住！有人說我們日本守不住這麼大的地區？這是失敗主義的看法！我要說：當這些地方都團結成爲大東亞共榮圈，都成爲大東亞共榮圈的領地，那人口數，經濟規模，和物產資源都比得上中國、美國和歐洲！從明治維新以來的大陸政策，到我所提倡的大東亞共榮圈，將一脈相承。未來世界將會是日、歐、美、蘇四足鼎立。」東條說。

「報告首相，這次戰鬥，從台灣來的那艘神祕戰艦，也加入了作戰！」海軍部大臣說。

「聽說，這艘船的戰力來自於未來？可以遠距離攻擊敵艦？」東條英機問。

「報告首相，根據派駐艦上的聯絡官，這艘船確實擁有目前超越我國和美國的科技！包括長距離搜索雷達，以及可以指定攻擊地點的長距離攻擊「飛彈」！」海軍部大臣說。

「怎麼不模仿多生產幾艘？」東條英機問。

「已經上船訪查過了，目前我們的技術，還……造不出來！」海軍部大臣說。

東條無奈的點點頭。

「海軍部這次投入作戰的規模，有五艘戰列艦，包括兩艘大和級戰列艦，九艘航空母艦，兩艘輕巡洋艦，十一艘重巡洋艦，二十一艘驅逐艦，包括基隆號。艦載機有四百五十架，馬里亞納群島我方陸基攻擊機大約有三百架，總共約七百五十架。」海軍部大臣說。

「這一次，一定要取得對美作戰的大勝！」東條英機滿意的說。

2. 一九四四年一月，西太平洋海域。基隆號艦長室祕密會議。

蕭志偉艦長先說：

「今天我們討論的事，無論如何不能傳出去。畢竟船上已經有三個聯合艦隊派駐的聯絡官。說好聽一點是聯絡官，說難聽一點，是來監視我們的。」

「首先，根據通訊官的情報，日本石原內閣已經倒台，東條英機重新上台。照過往的歷史上看，他是積極的主戰派，堅持打到最後一兵一卒。但是聯合艦隊的行動，並沒有因此而停止。看來，東條英機是認同這次的作戰計畫，或者是，艦隊既然已經出動，再無招回之可能。其次，石原倒台，邱副艦長在東京生死未卜，石原和邱副艦長當初的改變歷史的計畫，如今可以確定胎死腹中，日本注定要走向無條件投降的最終結果。如果是這樣，台灣未來的歷史將無法改變，當初全艦的決議前提，已不復存在。我們是不是該調整？」

「最後，我在聯合艦隊旗艦武藏號招開的聯合作戰會議，小澤治三郎司令給我們的命令是：作為艦隊先鋒，以本艦的長程雷達為艦隊提供美軍資訊。一旦發現美艦，即馬上展開攻擊，盡量多擊沉美艦，爭取戰功。一旦美軍戰機逼進攻擊範圍，巡防艦和驅逐艦將增援我艦防空，並掩護我艦後撤。」

「大家看得出來，小澤治三郎的盤算嗎？」蕭志偉問。

作戰長吐了一口氣，說：

「依照這個計畫，本艦作為先鋒，好聽是先發制人，可以第一時間擊沉美艦，但是我艦馬上會成為美軍空中攻擊機的目標。其次，小澤了解我艦的防空能力，屬於長距離精準打擊，但是面對二戰時期美軍大數量波段式攻擊，我軍的防空能量很快就會被耗盡！所以整體來說，我們是隨時準備被耗盡拋棄的誘餌。」

「一個螺旋槳戰鬥機換一顆上千萬的標二飛彈，眞不划算！這時期的空中攻擊往往都是上百架次，我們標二只剩四十三顆，眞是拿大砲打蒼蠅。等敵人飛到我們面前，只剩下五寸砲和扔石頭。」兵器長說。

蕭艦長看著大家，點頭說：

「這次，聯合艦隊準備要犧牲我們！」

大家陷入了一陣沉默。

此時輔導長雷中校突然說：

「各位，我到有不同的想法！」

聽老雷一說，大家都看著他。只見他微笑的說：

「當初我們分析未來方向：投向中國國民政府，既不實際，又怕失去主導權，因爲中國沒海軍嘛！果然，國民政府對我採取行動。當時有討論投向美國，應該是最安全的選擇，但是美軍當時已經撤退到澳洲，我們在身分不明的時候，要冒險穿過西南太平洋前往澳洲，風險很高。最後在邱副艦長回歸以及石原莞爾的歷史改變下，我們選擇與日本合作。如今日本的條件都已經改變，而我們正航向西南太平洋。美軍，即將就在我們面前！那，怎麼不乾脆投向美軍？」

大家彼此相望，想想……。

「我們既然是艦隊的前鋒，跑快一點就衝到美軍陣營了啊！」老雷一派輕鬆地說。

蕭艦長看著大家。

「風險很高！這畢竟是作戰時期，戰鬥中要成功投敵，要有幾個條件：沒有威脅，要能讓美軍清楚的了解我方意圖？」作戰長說。

「根據艦隊配置，武藏號就在我們後面！那船上的460mm大砲，一炮就可以把我們打沉！」兵器長說。

「這應該是石原那傢伙的老謀深算，怕我們有二心，一跑了之！」作戰長說。

「老雷說的，也不是做不到！」蕭艦長突然發聲。

「首先，發現美軍之後我們儘速靠近，設定兩百公里左右。一方面拉近美軍距離，一方面拉開聯合艦隊巨砲射程。按照計畫，我們應該先對美軍發動攻擊，吸引美軍軍機。如果這時我們反而以魚叉反艦飛彈射向聯合艦隊的戰列艦，癱瘓他們的主炮，還有射向日軍的航空母艦，癱瘓艦載機！因爲日軍一旦發現我們的反叛，艦載機一定會轉而攻擊我艦！如此一來，聯合艦隊可能會因爲戰損，暫時退出戰場，就算此時有艦載機升空，也是少量，應該是我艦可以應付。無論如何爭取時間脫離聯合艦隊。同時儘快以無線電和美軍對接，表達投誠的意思。」

眾人一聽，似乎可行性很高。但是，作戰長有點擔憂地問：

「有一個問題？」

作戰長有點遲疑的說：

「照艦長這計劃，我們在做這些動作時，美軍空中攻擊機很可能就在我們上空。我們現在高掛日本海軍太陽旗，全船又全速往前衝向美軍艦隊。美軍軍機一定會對我發動猛烈攻擊！我們是打或不打呢？既忙著要投誠，又忙著打下美軍軍機？」

作戰長帶的困擾看著大家！

此時，輔導長雷中校突然笑著站起來輕聲說：

「這沒問題！」

就看見他轉身從背包了掏出一大包東西，然後雙手一展用力抖開。

是一大幅青天白日滿地紅的中華民國國旗！

「各位，當初從旗竿卸下來，我可沒丟啊，也沒讓日本人拿去！」老雷滿意的說著。

眾人也輕輕的露出了滿滿的笑容。

於是商定計劃：首先，爲求保密以及避開聯合艦隊的聯絡官，只羅列出相關的人員，尤其是通信、作戰單位的相關人員，再由各領導軍官祕密探詢意願以及溝通，取得這些人的一致認同與同意。其次，艦長下達作戰準備之後，警衛隊馬上扣押三位聯合艦隊聯絡官，防止其對艦隊通報。然後依照作戰計劃，馬上升起青天白日旗，摧毀聯合艦隊戰列艦以及航空母艦，以無線電聯絡美軍，並直奔美軍。

重要的是，由於聯合艦隊聯絡官通曉中、日文，爲增加祕密性，即日起艦內溝通改以台語。

3. 一九四四年一月，東京，大雪。

傍晚的原宿町，津野田之重家門外突然傳來急促輕巧的敲門聲。他趕忙前去開門，一個中年男子正拉著斗篷瑟縮著。津野趕忙把他拉進玄關，這個人脫下斗篷抖抖上面的積雪，是邱錦洲。

「有被憲兵跟蹤嗎？」津野田之重趕忙問。

「應該沒有，我趁著黃昏從圍牆的小洞鑽出來，監視我的日本憲兵應該沒有察覺。」邱錦洲說。

「那就好，他們應該不會知道我這裡。當初石原首相不把我拉拔到政府，就是預留著這一天！」

津野田之重嘆口氣說。

邱錦洲點點頭說：

「石原首相當初就跟我說，如果他出事了，要我來找你。接下來，你有什麼計畫？」邱錦洲輕鬆的坐下來，拿起了桌上的熱茶暖暖手。

「想辦法把石原首相救出來，重起爐灶！我已經有了規劃。」津野田之重說。

邱錦洲沉默了一陣子，他閉著眼，讓身上的寒意退去，暖意上身，慢慢在想。

瞬間，邱錦洲立直身子，挺身說。

「不如直搗黃龍，暗殺東條英機！」

津野田之重略顯驚訝。

邱錦洲知道，就算救出石原莞爾，只要東條英機還在，就沒辦法撼動東條的領導。況且，一旦石原莞爾被救出，東條的危機感防禦心會大增，不可能再像當初一樣，輕易的發動政變將他推翻。再者，以天皇的態度，不會贊成大臣之間的撕殺，所以石原確實沒有生命的危險。如此一來，就算救出石原莞爾，也只是讓石原恢復自由，對於日本的歷史，台灣的未來，將不會有所改變。

惟有殺掉東條英機，才能讓日本這個巨大的火車，再度換軌。

「我們要救的，是大日本帝國，不是石原莞爾。」邱錦洲說。

津野田之重雙手交叉胸前，抿著嘴，直直看的邱錦洲。

確實，邱錦洲說得沒有錯。爲的是救日本，避免在東條英機軍國主義至上的領導，戰爭持續下去，直到日本無條件投降，成爲一片焦土。然而，相較於救出石原莞爾，津野田之重是比較有把握的。畢竟就他的了解，東條英機也不認爲石原莞爾有能力東山再起，對石原的看守是鬆散的。可是救出石原莞爾，也不能改變東條領導的事實。但是如果能殺掉東條，局勢還是有可能大翻轉。畢竟反對擴大戰線，對美國堅決作戰到底的人，其實很多。

只是，這是要拿生命來換的事，他要確認眼前這個台灣人，是否和他一樣有決心！

「這是拿性命相搏的事情，你有心理準備嗎？」津野田之重反問邱錦洲。

「你只是一個台灣人，願意爲日本這個國家犧牲生命？」津野又問。

邱錦洲不加思索的說：

「眼下的台灣，和日本的命運緊密相連的。現在，我的同胞，基隆號的全體官兵正和聯合艦隊一起，準備和美軍作戰。這個戰爭是九死一生，希望取得勝利，反轉美日的太平洋局勢。犧牲的目的是什麼呢？就是希望日本能從戰爭中脫身，台灣也能夠從中國困境中脫身。如果不能殺掉東條，改變歷史，這一切，包括我基隆號的同胞犧牲，將變得毫無意義！」

聽邱錦洲這麼一說，津野田之重點點頭。

「我這條命也算是撿回來的，我已經有兩次的人生，能夠做點有意義的事，夠了。」邱錦洲說。

「你剛說的，台灣的中國困境是什麼？」津野田之重有點不解。

「未來的台灣，會深陷中國威脅當中！」邱錦洲嘆了一口氣說。

窗外的雪，越下越大，兩個男人在日式暖桌對坐，看著牆外昏黃路燈亮起。

「好吧，那我們來殺掉東條英機。」

津野田之重說。

邱錦洲點點頭。

四、世事如夢，轉眼成空。

1.一九四四年一月，馬里亞納群島。

以基隆號爲前導的大日本聯合艦隊，浩浩蕩蕩數十艘船艦編隊航行在海平面上。

在基隆號的艦橋指揮室內，作戰長看了一眼角落的聯合艦隊派駐的聯絡官，把艦務上尉叫過來，輕聲的用台語問他：怎麼只有一個？另外兩個呢？

艦務上尉輕聲的用台語回答：

「一個躲在船艙寢室，一個在艦橋外面信號燈處注意信號燈。作戰長放心，我們盯的很緊！」

作戰長故作不經心，拿起望遠鏡看著遠方海面，輕聲的說：「馬上進入戰區，節骨眼上別出差錯！」

作戰長接著走到蕭艦長身旁。

「我們開始接近預定作戰區域了，把雷達功率開到最大，輪機全速前進！」蕭艦長說。

同在指揮室的聯絡官山藤大佐聽到這裡，有點一愣。轉頭向蕭艦長問：

「報告艦長，我們正接近作戰區域，輪機全開恐怕會拉大艦隊距離，破壞艦隊隊形？」

話才一說完，通信官也馬上接到聯合艦隊大和級武藏號旗艦打來無線電，詢問基隆號速度過快，要求請減速！

蕭艦長微笑的說：

「大佐有所不知，我們的長功率雷達威力比較大，全功率開啓的時候，必須要拉大船艦距離，否則容易受到干擾，也容易干擾別人。友艦如果離我們太近，他們的無線電將會被我們干擾無法運作！所以我們要先拉開船艦間距。在我們那個時代，由於個別戰艦的戰鬥力很強，已經很少大規模船團作戰。各艦的距離，都維持在三十海哩以上！」

「三十海哩？各艦要互相支援互相救援恐怕都很難啊？」山藤大佐明顯的仍帶著一臉遲疑。

「我們那個時代都是以長距離的攻擊爲主，決戰都在相距一百海哩以上！三十海哩的船艦距離，各艦不會互相干擾，也不會誤擊！等一下山藤大佐你就可以好好欣賞本艦的攻擊能力！」蕭艦長微笑的說。

「好厲害啊！」山藤不禁發出一聲讚嘆。

蕭志偉知道，三十海哩的神奇數字，是確保基隆號在兩艘大和級的460mm怪獸般的巨大主砲射程之外！否則被這樣一發砲彈打中，基隆號肯定吃不消。

此時，作戰長在一旁輕鬆的說：

「晴空萬里，跟歷史上的那一天一模一樣！」

「這裡已經是沒有冬天的熱帶海域！歷史上的那一天是半年後，我們的這一天是新歷史，會不會一樣，能不能一樣，不知可否？確定和歷史不一樣的，是我們出現了。但是美軍是不是能夠像歷史一樣的派出大陣仗迎擊，就不得而知了。」

「說不定我們繞了一圈，還沒有美軍的蹤影！」蕭艦長說。

「我相信美軍會出現，會大陣仗出現的！美軍實力堅強，一定不放棄任何一個決戰，殲滅日本海軍的機會！美軍出動十五艘航母，七艘戰列艦，十二艘輕巡洋艦，八艘重巡洋艦，67艘驅逐艦，28艘潛艇和將近一千架飛機！單就這實力對比，日軍想要贏美軍，眞是XX比雞腿！我這輩子有幸見到這種陣仗，坦白說，眞是此生無憾！」作戰長感嘆說。

「那是整個戰役所投入的總兵力！不可能這麼多船擠在這海面！對了，你怎麼記得那麼清楚？」蕭艦長說。

「這段歷史我這幾天看了不少遍！」作戰長笑著說。

「我以爲你和邱副一樣，iphone裡面也是一堆歷史書！」蕭艦長說。

「iphone是還在，充電也還能用，沒有網路，還是可以看看照片，想一想未來的家人們……」作戰長語氣漸低。

「是啊，我也是！好想念未來的家人們！」蕭艦長長嘆一口氣。

「也不知道邱副艦長在東京情況如何。」作戰長有點失落。

「報告艦長，聲納發現美軍潛艇！距離約八十海哩！」反潛上尉。

「報告艦長，雷達發現美軍艦隊，東方一百六十海哩處！」戰情中尉回報。

全員情緒開始繃緊。

「注意潛艦距離與動向，我們還在攻擊距離之外，不用擔心。這時候的美軍的潛艦主要是收集情資，發動突襲！這個距離他不會發動攻擊，但表示美軍也會知道我們到了！」蕭艦長說。

「反潛機要準備嗎？」兵器長反應式的問。

「我們現在是同船一命，大家沒必要，不要離艦！」蕭艦長微笑的說。

兵器長意識到這點，被艦長點醒。

大家逐漸了解，蕭志偉艦長的特性：越是進入緊張情勢，蕭艦長反而越顯輕鬆，羽扇綸巾的感覺。原來所謂的領導氣質，泰山崩於前而面不改色，就是這樣的感覺。眾人感受到那份沉穩，每個人心裡也輕鬆了起來！

「蕭艦長，小澤司令的意思是：一旦美軍進入攻擊距離，就發動攻擊！請注意！」山藤大佐提醒蕭艦長。

「別急，我們的目標是美軍航母，他們目前看到我們，但打不到我們。我們等美軍再多點集結，確定美軍航母主力被我們吸引過來，再給他們致命的打擊！」

「通信少尉，回報美軍位置給旗艦武藏號！」蕭艦長下令。

此時，美國海軍第五艦隊。

「報告司令，潛艦飛魚號回報，發現日軍龐大艦隊，已經回報鎖定位置。目前距離我方艦隊以西兩百海里處。包括戰列艦，驅逐艦，以及航空母艦的龐大艦隊。」作戰官向第五艦隊的總司令斯普魯恩斯中將報告。

「雷達搜索到了嗎？」斯普魯恩斯問。

「報告司令，還沒進入我方雷達搜索範圍！」作戰官回覆。

斯普魯恩斯心想，爲求得作戰先機，既然已經確定方向，還是要美軍軍機升空。

「請一、二、三特遣艦隊的航母飛機升空，直接前往攻擊目標區。請第四、五特遣艦隊往戰區支援。」斯普魯恩斯下令。

中途島戰役之後，日本海軍的戰備能量，已經遠落後於美軍。斯普魯恩斯知道，不論捕捉到的是不是日軍的主力，美軍都有數倍的能量可以將日軍擊敗，不管是鯨吞或蠶食的方式！日軍所剩下的，只能是殘留在關島塞班島的頑強陸軍，憑藉著愚蠢不可及的武士道，寧死不屈。

「現在的我們，不比中途島時候，要靠情報與運氣來打勝仗。現在的我們，是堅不可摧，戰無不勝！」

「去吧！我們去把小日本痛宰一頓！」斯普魯恩斯對大家大喊！

眾人想起了歡呼聲！

「通令作戰機駕駛，一旦接觸，全力攻擊！」

基隆號艦橋指揮室。

「報告艦長，雷達顯示美軍軍機陸續起飛，日軍的陸攻飛機也已經起飛趕來！」

蕭志偉心中計算著。

目前和美軍的距離，要能夠進入美軍的作戰範圍圈，還需要一點時間。和武藏號的距離，則要儘速的脫離火砲射擊距離。蕭志偉默默地估算著，時間一分一秒的過去。身旁的山藤大佐開始放大音量，「命令」蕭志偉馬上開始展開攻擊美軍！

聲音越來越大，從命令逐漸變成斥喝！

蕭志偉輕輕的吸一口起，就是現在了。他拿起全艦廣播，大聲斥令：

「全艦作戰開始！」

山藤大佐先是鬆一口氣，身後卻冷不防的被兩名艦務士官衝上架住。一名士官用槍抵著他的頸部，一名士官馬上將他雙手用拘留塑膠繩綁住。山藤大佐反應式的用力掙扎，卻被壓制在指揮室一旁，只見作戰長輕鬆地笑著說。

「請山藤先生到艙室休息。」

蕭志偉艦長馬上繼續下令動作：

「全速前進，往美軍艦隊前進。估算接觸美軍艦隊時間！」

「約半小時進入美軍軍機攻擊範圍！」電戰中尉回報。

「雷達鎖定日軍武藏號和大和號戰列艦，以及航空母艦！魚叉反艦飛彈鎖定後就發射」蕭志偉艦長下命。

「報告艦長，報告艦長！」船艙傳來緊急通報。

「躲在寢室的日軍聯絡官，剛剛已將我們的消息用無線電報機發出去了！」

山藤大佐在一旁冷笑說：「早料到你們不可靠，一旦你們有反叛動作，我們就會馬上通報！」。

「把他押下去，別在這裡礙事！」作戰官說。

「魚叉飛彈準備好，馬上發射！全艦全速迂迴前進，躲避砲擊！」蕭艦長說。

作戰長有點遲疑看了一下蕭艦長，沒等他問，蕭艦長馬上說：

「雖然速度會慢一點，但是砲彈一定要躲開。大和武藏的砲，我們受不起！」

「魚叉飛彈發射！」兵器長大聲喊。只見基隆號船身上的魚叉飛彈發射管四管齊射！

「重新裝填！下一波準備好繼續發射！」蕭艦長下令繼續。蕭志偉知道，以航母、武藏大和的噸位，魚叉飛彈不算什麼！

「日軍軍機朝我艦飛來，雷達顯示航母飛機起飛！」電戰官急報！

「驅逐艦向我方砲擊！」戰情中尉急報！

「五寸砲還擊，鎖定周邊驅逐艦！」蕭艦長不疾不徐的說。

他在等……魚叉飛彈命中。

「魚叉飛彈命中！魚叉飛彈命中！」電戰官急報！

蕭志偉鬆了一口氣。沒想到馬上又傳來：

「武藏號和大和號開砲了！左舷……兩砲，右舷一砲……」。

「右滿舵迴避，進迫防禦的方陣快砲待命，擊落砲彈！」蕭志偉大喊。

蕭志偉知道，以460mm的砲彈射速，是可以擊落的。

「日軍攻擊機逼近！」電戰官接著報！

「以標二鎖定擊落！」蕭志偉說。

「砲彈來襲，衝撞準備！衝撞準備！」作戰長大喊。

接下來的瞬間，時間好像靜止了。

首先是遲到的巨砲開砲聲，緩緩地傳到眾人的耳裡。即使和武藏號相距十公里以上，恐怖的空氣撕裂聲和震波，滿滿的觸發每個人的全身毛孔。然後是方陣快砲的機械動作旋轉、鎖定、接敵……數管急速旋轉的槍管每秒速射出數百發如蜂群蝗害般的彈霧，把時間急速拉回現實當中。

左舷的兩枚砲彈被躲過落海，右舷的460mm砲彈，以迅雷不及眼的速度輕觸彈霧，然後巨爆。巨大的砲彈在距離基隆號不到半海哩處爆炸！強烈的爆炸波夾雜著砲彈碎片從基隆號的右後側衝來。整個基隆號被震波擠壓左偏，然後是船身各處的碎片彈著。眾人被震波甩動，不少人被摔落椅子。

「受損報告！」蕭志偉說。

「雷達受損，出現偵測盲區！」

「輪機室報告，船尾遭受砲擊，船尾遭受砲擊，輪機受損，蒸汽管漏氣！航速下降至80％！」輪機室傳來報告。

蕭志偉大驚！速度，是這次作戰的關鍵！

「第二波魚叉飛彈命中！武藏號船速變慢！」電戰中尉回報。

「繼續發射，把魚叉飛彈都打出去！這些巨艦可以承受很多顆魚叉飛彈！」蕭志偉知道，最重要的是癱瘓兩艘大和級前艙那兩座三聯裝的巨砲。

「輪機室多久可以恢復全速！」蕭志偉問。

「報告艦長，十五分鐘！」輪機室傳來。

「報告艦長，日機約六十架朝我飛來！」電戰中尉急報。

「標二飛彈鎖定，發射！」兵器長馬上說。

基隆號的標準二型飛彈一次只能發射四枚，四十餘枚飛彈全射完，也要一些時間。承受日機的空中攻擊是免不了，對於炸彈還可以用進迫方陣快砲解決，對於魚雷只能靠速度，而現在船速下降，危機又升高。

「報告艦長，第二波魚叉飛彈命中！」電戰中尉回報！

眾人響起一些歡呼！大家心想：連吃了兩發魚叉，這下總該癱瘓掉大和號武藏號這種怪物巨艦了吧！

「日軍攻擊機魚雷攻擊，魚雷攻擊！聲納距離二十海哩！」反潛長回報。

「報告艦長，美軍機五分鐘進入攻擊範圍！」電戰中尉急報。

「大家別掉以輕心，馬上升起中華民國國旗！開始向美軍無線電廣播！」蕭艦長嚴肅的說。

「美利堅合眾國海軍注意，美利堅合眾國海軍注意，我艦基隆號乃是原中華民國海軍驅逐艦，即將前往貴艦隊投誠。請勿攻擊我艦！請掩護我艦投誠，請勿攻擊我艦！再次重複：請掩護我艦投誠，請勿攻擊我艦！」通信官不斷以英文重複呼叫。

「報告艦長，武藏號又開砲了！」電戰官急報。

「方陣快砲準備！」兵器長馬上說。

「報告艦長，方陣快砲只剩下八秒的發彈量！」射控少尉回報。

無限電仍沒有美軍的回應。

「報告艦長，美軍軍機三分鐘進入攻擊範圍，是否鎖定擊落？」電戰中尉急問。

「武藏號砲彈來襲，全員衝擊準備！砲彈來襲，全員衝擊準備！」電戰中尉大吼！

「全員衝撞警報，全員衝撞警報，砲擊衝撞警報！」作戰官大喊。

近迫方陣快砲用盡全力旋轉槍管，吐出最後八秒的數千發子彈。然而，過於稀薄的彈霧讓武藏號最後發出的一顆460mm砲彈，挺進到距離基隆號幾百公尺前才爆炸，產生更強烈的爆炸波。整艘基隆號隨之劇烈側傾，爆炸波摧毀了桅桿和雷達設備、魚叉飛彈發射器，讓基隆號上層結構嚴重受損。沒等大家回過神來，一顆日軍魚雷擦擊過艦尾爆炸，整個艦尾同時被爆炸波抬升公尺。天上海下的同時攻擊，讓巨大的艦身產生整個扭曲的感覺！蕭志偉艦長也被狠狠地從椅子上摔落！他馬上抬頭一看，正看見窗外傾斜的桅桿上飄著的青天白日國旗，以及從國旗身後雲層下竄出，朝他急速俯衝而來的日軍轟炸機……。

美國海軍第五艦隊。

「報告司令，攻擊機三分鐘攻擊開始。」作戰官回報。

斯普魯恩斯點點頭，準備聽著攻擊機的戰果。

「報告司令，日艦隊進入雷達範圍，可是……顯示日艦隊正在後撤！」通信官說。

「什麼？」斯普魯恩斯遲疑了一下，這麼大陣仗來，日本人不想打？

「報告司令，前線回報日軍攻擊機似乎正對其中一艘戰艦展開攻擊！」作戰官帶點遲疑的說。

「我們的船？他們的船？」斯普魯恩斯問。

「可以確定……不是我們的船！」作戰官說。

日軍在攻擊他們自己的船？敵前叛逃嗎？有點天方夜譚，這畢竟是海軍會戰，可不是陸軍衝鋒！斯普魯恩斯有點不解。

「報告司令，對方對我艦隊呼叫！」通信官說。

「說什麼？」斯普魯恩斯問。

「我艦基隆號乃原中華民國海軍驅逐艦，即將前往貴艦隊投誠。請勿攻擊！」通信官說。

「中華民國海軍？中華民國有海軍？」

斯普魯恩斯滿臉疑惑。

2. 一九四四年一月，日本東京。

決定暗殺東條英機以後，津野田知重和邱錦洲分頭展該行動。雙方討論，如以槍枝殺，則槍枝過於敏感，容易被發現。要靠近身準確瞄準，況且只有一到兩次開槍機會，一旦失準，恐怕完全失敗。如果能以炸藥投擲，一方面較不容易被注意，殺傷力範圍也大。然而，彼此心知肚明的是：用槍雖然不易成功，但容易逃逸；一旦以高爆炸藥刺殺，恐怕自己也難全身而退。

「就算開槍，也容易立即逮捕殺害。如果這樣，寧可選擇較易成功的炸彈攻擊！」津野田知重說。

「到時候就讓我來吧！你的左手左腳不方便，又長時間待在石原身邊，一定已經被注意了。我一直沒在中央，又是日本人，東條身邊的人不會注意到我！」

津野田知重接著說。

於是商定好，津野負責聯絡同志，並對東條英機的作息行動展該調查紀錄。邱錦洲則祕密前往拜會兵工化學家習志野，取得他所開發綽號「茶瓶」的氰化鉀炸彈，作爲武器。

這天，邱錦洲來到了杏子的家中。她，是兩年以來，邱錦洲在日本唯一的溫柔。

邱錦洲把一包東西交給杏子。

「如果我之後有所不測，請你保留這些物品。我的弟兄們在軍中，如果有一天他們平安歸來，再麻煩你轉交給他們。裡面並沒有一些什麼貴重的東西，只是一些值得留念的小東西，和我個人的書寫紀錄。」邱錦洲說。

杏子接過東西，卻摸到一個方形硬物，打開來看，是一個黑色方形玻璃鏡面的東西，還帶著一條插座線。疑惑的問：

「這是什麼？」

「這個叫あいふん！這不是這個時代的東西！」邱錦洲笑著說。

「但是我那些兄弟會了解的。」

一九四四年一月，日本帝國新聞社報導：

日本憲警破獲一件陰謀暗殺案：嫌犯津野田知重等人欲以炸彈行刺內閣總理大臣東條英機，事前消息被憲警偵查得知，為憲警所破獲逮補。津野田知重連同共犯數人預謀以自製炸彈刺殺總理大臣，所幸未能得逞。目前同黨已全部被逮補監禁，以叛國最起訴，等待審判。

台灣籍人士邱顯洲，經調查為津野田知重同黨，並為中國派駐台灣的間諜，藉機滲透在我政府內。於此次逮捕過程中頑強拒捕，為憲警當場擊斃。

終章　望春風

1. 一九四四年四月，傍晚時分的密西西比州，帕斯卡古拉河上，一艘拖船拖著一艘軍艦，靜靜的在河面上航行。他們的目的地，是美國英戈爾斯造船廠。

蕭志偉靠著艦橋外欄杆吹著風，欣賞著河岸的黃昏景色。作戰長走過來，也享受著這樣的夏日微風。

「記不記得一九九〇年代的電影《獵殺紅色十月號》。我喜歡電影的結尾，艦長史恩康納萊站在潛艦甲板上，紅色十月號慢慢的航行在美國的河流。」蕭志偉說。

「這樣的平靜，跟那天的驚險，只有身歷其境的人，才能體會。」作戰長說。

蕭志偉艦長輕鬆的微笑。

兩人思緒再度回到馬里亞納海戰的那一天。

「報告艦長，美軍軍機三分鐘進入攻擊範圍！」電戰中尉大吼！

「全員衝撞警報，全員衝撞警報，武藏號砲擊衝撞警報！」作戰官大喊。

武藏號的460mm砲彈在距離基隆號幾百公尺前爆炸，產生的爆炸波讓整艘基隆號劇烈側傾。爆炸波摧毀了桅桿和雷達設備、魚叉飛彈發射器。幾乎同時，艦尾一顆日軍魚雷擦擊爆炸，整個船尾側移抬高。上下同時遭受爆炸波，整個基隆號發出可怕的船身扭曲的聲音，也讓蕭志偉艦長從椅子上跌落。

「輪機室報告：推進葉片及動力軸損壞，本艦動力只剩下30％！」

「美軍軍機和日軍軍機都開始俯衝攻擊我艦！」電戰中尉大喊。

蕭志偉艦長猛然抬頭，正看見傾斜的桅桿上，飄著青天白日滿地紅的國旗。而國旗後上方，一架零式戰鬥機正從雲層俯衝而來，可以清楚的看到機腹上掛著的炸彈，隨時準備投下。

就在此時，這架直衝而下的零式戰機突然在眼前整個起火爆炸，然後急速旋轉失控，連同機腹的炸彈快速滾落船舷海面。隨後是一架美軍軍機呼嘯而過。

蕭志偉驚魂未定，通信官打開無線電廣播，傳來了美國人的英文話語：

「中華民國海軍基隆號，我是美國艦隊司令斯普魯恩斯中將。我軍軍機將為貴艦提供保護，請儘速依照接下來的指示脫離戰場。重複：中華民國海軍基隆號，我是美國艦隊司令斯普魯恩斯中將。我軍軍機將為貴艦提供保護，請儘速依照接下來的指示脫離戰場。」

作戰長趕忙過來將蕭志偉艦長扶起來，蕭艦長指示通信官馬上回覆：

「感謝貴軍的保護，請指示我艦！我艦將依照指示儘速脫離戰場。」

蕭艦長狼嗆的走到指揮室外甲板，看著受創冒煙的基隆號。然後抬頭看著天空：只見美軍機群急速衝向日軍機群，日軍零式戰機潰不成軍，一一從天上被擊落。遠處則可見到聯合艦隊的護衛驅逐艦不斷在後撤，距離越來越遠。

帕斯卡古拉河的河水靜靜的流動。

「當時兩軍的空戰，就是歷史上被美軍戲稱為「馬里亞納射火雞大賽」的戰鬥！真是十足的美式幽默」作戰長說。

「接下來，我們也要變成美國人了！」蕭艦長說。

那天在美軍的戒護之下，基隆號負著重傷平安的脫離戰場。隨後美軍登船檢查確認，彼此互相了解溝通後，斯普魯恩斯中將派遣驅逐艦協助基隆號先拖回珍珠港。在那裡初步完成損害確認。先做船底的修理，確保航行的安全。至於動力與雷達的部分，完全超乎美軍同時代的修復能力。於是決定，由驅逐艦繼續拖回美國本土的英戈爾斯造船廠，再做後續處置。

「關於人、船的未來，細節的部分，美國人已經跟我討問過了，明天到達船塢後，就正式向弟兄們宣布。」蕭志偉說。

「美國人的安排：關於船的部分，經過他們的評估，基隆號對他們有研究價值，沒有實戰價值。到達英戈爾斯造船廠後，全船將在那裡整個拆卸分解。對美方而言，雷達系統，飛彈系統，推進系統是三大重點。因為這三方面是美國海軍正在研發的重點！」

「確實也是，美軍已經在太平洋取得完全的優勢，不需要什麼特別武器，穩扎穩打就能取得勝利！至於雷達武器那些，這……本來就是他們未來造出的船，物歸原主罷了！」作戰長笑著說。

「基隆號到了美國，反而一切都不特別了！」作戰長說。

「畢竟美國是工業大國，而二戰已經勝券在握了。對美國，未來的歷史不需要任何改變！相對的，我們的基隆號就成了阿波羅登月火箭一樣。新奇，但是對世界沒有太大影響。」蕭艦長笑了笑，接著說：

「人員安置部分，是大家最關心的。因爲船要拆了，到港後所有人員，包含公、私人物品，將完全卸下。不過還是要經過美方人員的檢查同意！老簡，一些具有紀念價値的東西要注意一下，好好收藏。我們的船，我們這一群人，將是這世上最不爲人知的特別族群。」蕭艦長說。

「有邱副艦長的消息嗎？」作戰長問。

蕭志偉搖搖頭。繼續說：

「所有弟兄，包括你我，將集中居住於造船廠區，協助美方拆卸各項設備，也幫助美國人了解這艘船的運作與功能。但是，暫時是沒有人身自由的。美方已經表示：畢竟國民政府並沒有任何我們存在的資料，所以必須將我們安置在集中營。但他們也承諾：如果戰爭順利結束，會協助我們取得綠卡居留權。」蕭志偉艦長說。

「連美國境內的日裔美國人，現在都還被安置在集中營。戰爭沒結束之前，大家都有心理準備的。走過這種驚奇的人生，經歷過實際戰鬥的洗禮，看過了生死，小朋友們都變得成熟了。不再像剛入伍那時的輕浮與毛躁。能在戰爭中活下來，就値得感恩了」作戰長說。

蕭艦長點點頭。說：

「明天，我們的基隆號，就將回到他的母親懷抱：英戈爾斯造船廠。一九七〇年代在此出生，一九四四年在此結束。」

「這是你的安排嗎？」作戰長微笑的問。

「我試探性的問了美國人，是否到英戈爾斯造船廠處理？他們當下沒回應。如今來看，他們應該有照這樣安排。」蕭艦長說的。

「這就是你說的：歷史的慣性？」作戰長問。

「應該是人的慣性！」蕭艦長微笑的說。

兩個人輕鬆的笑著，看著遠方的燈火，一一亮起。

2. 一九四五年九月，美國密西西比州英戈爾斯造船廠宿舍。

日本人已經在本年的八月十五日對盟軍無條件投降了！過去這五個月的時間，基隆號的人員都被集中管理，居住於英戈爾斯造船廠的職工宿舍。然而能擁有承平的日子，大家都相當惜福。全員在英戈爾斯造船廠協助美軍拆解基隆號，優異表現讓美軍稱讚。融洽相處。最終美軍幫他們成功爭取納編美軍，讓所有的人員可以適用美國的「一九四四年軍人復原法案」，都有穩定有保障的未來。

如今，已經到了要分離的時刻！

許多義務役官兵，想趁著年輕繼續進修。或是進入一般職校、或是申請大學。畢竟已經有技術基礎，趁年輕進入學校，可以加強語言能力，建立人際關係，對於未來進入美國職場有莫大的幫助。幾位基層士官想進入美國軍校，笑稱這是當年從沒有想過的夢想。輪機部門的張中校帶著手下士官兵幾乎一整的單位，都被船艦公司延攬。其他如兵器、電戰、修護以及通信等等，大家都有各式各樣的公司要招攬。都說海軍是技術軍種，在這方面特別明顯。

輔導長老雷申請了大學文學系就讀，他說幾十年在船上也夠了，他的興趣還是寫作，想往這方向發展；兵器長老謝已經被軍火公司延攬到研發部門；至於蕭志偉艦長和作戰長老簡，則應造船廠的請求，留下來任職，協助基隆號技術的延續與銜接。

今天，在英戈爾斯造船廠的員工餐廳，大家離情依依。許多人微笑擁抱，許多人泣不成聲。

蕭志偉艦長上台，爲大家說話：

「請珍惜，今天的這個時刻。看看你身邊的人，看看所有的人。這應該是我們這一輩子最後一次，中華民國海軍1801號基隆級艦基隆號全體官兵的相聚。」

「散會後，我們將各奔前程。美國土地廣闊，不像台灣，大家容易見面。弟兄們要見上一面，不容易。但是，我們共享了不平凡的過去，我們有這樣不平凡的人生。我相信，這樣的共同回憶，會讓我們緊緊凝聚在一起，不論你在世界的哪一個角落。」

「我感激自己有榮幸身爲大家的艦長，感激上天的安排讓我們相聚在一起。」

「最後，我想用二十一世紀的一部美國HBO影集《Band of brothers》裡，節錄自莎士比亞的一段話，跟大家道別。」

「From this day to the ending of the world,

We in it shall be remembered,

For he today that sheds his blood with me

Shall be my brother,

We lucky few, we band of brothers.」

3. 一九七五年，美國俄勒岡州波特蘭市。

門口的電鈴又響了，雷太太蘇珊快步出來開門。又來了一個昔日同袍！往屋內一看，十幾個人大家談笑風聲。老雷廚房探頭一看，馬上走出來張開雙手大叫：

「老謝啊！你終於來了！你連續缺席了好幾年啊！大家還以爲你掛了！如果眞的掛了沒通知，那做鬼我也要把你關禁閉！」

當年的兵器長老謝微笑著說：

「我要眞的掛了，就托夢逼你去給我獻花！」

大家哈哈大笑！

整個客廳坐滿人，許多人已經坐輪椅，許多人已經沒法來了！前年蕭艦長過世時，人數最多，去年就少了！沒想到今年能有這麼多人再聚一堂，讓大家特感興奮。感謝老雷幾十年的自由撰稿者的工作，透過報社，讓大家維持聯繫。從他們重生至今，一晃眼又是三十年。

老謝放下包包，滿意微笑的坐下來。基隆號的這班老人們在客廳敘舊，子孫後輩則在後院玩耍。牆上，則是一大幅青天白日滿地紅的國旗！

「老雷啊，沒想到這國旗你還留著！」老謝略帶興奮地說。

老雷端著老婆烤好的餅乾蛋糕出來，非常驕傲的說：

「當年蕭艦長交代我，要留下有紀念意義的東西！這幅國旗，我是要定了。這面國旗太有意義了，我可是很寶貝的。我特別交代我老婆。我死的時候，要用這幅國旗覆蓋下葬！」

雷太太剛好端著茶出來，馬上接著說：

「你不是常說：眞不知道能不能活到出生那年呢！」

大家先是爲之一愣，然後都笑了。

「我沒說錯啊，蕭艦長就剛好活到他出生那年啊！」

老雷不服氣的說。

「你們知道，我爲什麼能寫那麼多東西嗎？就是因爲老婆都不聽我說話！」

大家又是哄堂大笑。

「說實在的，當年我們自以爲是特別的一群，對未來無所不知的一群，卻沒想到在別人眼中，我們不過就是滿嘴胡謅的一群。像我老婆，就覺得我都是胡說八道，就算我說中總統選舉，中美建交，她也沒有很崇拜我啊！未來的歷史，世界的變遷，提早知道又怎樣，除非你能記得每年美國威力彩的中獎號碼，否則一點用也沒有！可是，除非是賭徒，誰又會在iphone或大腦裡面記這些東西！」老雷無奈的笑著說。

「說到iphone，我這裡有個東西，是我今天特別要拿來跟大家分享。」

兵器長老謝從包包拿出一個牛皮紙袋夾，裡面有一些文書，和一只iphone和充電器。

「這個，是邱副艦長的遺物。」老謝說。

眾人一聽，都沉默了下來。

老謝靜靜地說著：

「戰爭結束後，我不放棄尋找邱副艦長的消息。由於時局不太穩定，二戰結束之後又是韓戰，一直都沒有辦法好好的尋找。然而這件事一直在我心中。」

「十年前我退休後，打算藉由這個目的，也順便去走一走。我透過美日大使館，新聞社，駐日美軍之友社，日本退伍軍人協會等單位，多方打聽。最後連絡上當年把邱副艦長救出來，帶他去見石原莞爾的那位日本軍人：津野田知重。他向我提到了一九四四年的事情。」

「暗殺東條英機的計劃曝光失敗，他和許多人都被憲警逮捕。幸運的是，馬里亞納海戰失敗之後，東條英機不久也失勢。或許如此，他才免去一死。經過監禁審訊，最後他被判刑五年。出獄了以後，戰爭已經結束了。出獄沒幾年，一個名叫杏子的女士找到他，把這包東西交給他。杏子說她是邱錦洲的紅顏知己，邱錦洲在被捕之前有來找過她，交代遺物。這裡面有邱錦洲的東西，以及遺書。杏子說自己得了癌症，不久於人世，所以把這些交給津野田知重，希望他能代爲保管，有朝一日，交給邱錦洲的台灣兄弟。」

「杏子提到，他問過當時的憲警：東條英機對於刺殺計畫相當生氣，然而日本公民必須經過審判才能定罪。但是邱錦洲不是日本人，是台灣人，於是當邱錦洲被逮補時，帶隊的憲警當場就將他處決了。再編個拒捕的理由，栽贓嫁禍。如今邱副艦長的骨灰，被杏子帶回青森老家供奉。」

「津野田知重說，對於這件事，他一直耿耿於懷。邱副艦長本可以不用死的，津野田知重總覺得是他害死的邱副艦長。所以這些東西，他一直當成邱副艦長的遺物在祭拜，一直到我找到他。」

老謝把紙袋中的iphone拿出來，放在桌上。

「老天注定，邱副艦長歸隊！回到我們身邊。」老雷嘆口氣說。

雷太太蘇珊拿了水果過來，又看到老謝拿著iphone，疑惑的說：

「老謝，怎麼你也有一支一模一樣的這東西！難不成當年你們船上弟兄一人都發一支嗎？老雷那支早壞了，我都想把它丟了，他還生氣！」

「什麼叫做我那支早壞了，我軍人出身的，還硬朗的很呢！」

大家聽了，哄堂大笑！

老謝拿起那隻iphone，對雷太太微笑的說：

「這是我們基隆號兄弟獨一無二的信物！」

4. 春天的波特蘭市週末，社區的車庫拍賣會。各家都把許多不用的東西拿出來賣。附近的里德學院學生，都會在這時候來撿一些便宜貨。一大早陽光明媚，天氣涼爽，雷太太蘇珊就把家裡的雜物拿出來擺，老雷那老頭還在舒舒服服的睡覺。

一個騎著腳踏車的年輕學生悠哉逛過。卻突然停下腳步，繞回來老雷家門口。他被桌上的黑色玻璃面的小東西吸引了目光。不釋手的拿起那東西把玩，對著在一旁搖椅上打盹的雷太太問道：

「請問，這是什麼?做什麼用的?」

雷太太瞄一眼，先是一驚，心想：怎麼自己就隨手把這東西給搜出來賣?

「這個叫iphone，還能用喔！插上電，會有漂亮的圖案。」雷太太說。

「這背面的圓孔是什麼?」年輕人接著問。

「這我也不清楚，好像可以當放大鏡……有興趣你買回去再好好研究！」雷太太說。

「多少錢?」年輕人問。

「五塊錢！」雷太太隨口說。

年輕人掏了錢，拿了東西正要離開。雷太太心裡犯了低咕：老雷會不會不高興?於是喊住了年輕人。

「年輕人，是里德學院學生嗎?」雷太太問。

年輕人點點頭。

「可以麻煩你留個姓名嗎?我這裡買東西都要留個姓名，知道東西去向。」雷太太說。

年輕人一臉困惑，立好腳踏車，轉過身來在本子上iphone的後面大拉拉的寫上名字：

「Steve Jobs」

5. 到底是歷史的慣性，還是人的慣性。三百多人的一艘基隆號，曾經想要改變歷史，卻依然被歷史的慣性狠狠拉回。二戰、韓戰、越戰、冷戰、兩岸分裂。幾十年過去了，當年的基隆號一兵小毛，如今已經是成功的事業家：毛董。而他，也是少數可以回到二十一世紀的基隆號成員。整整快六十年的時間，他沒有再回到台灣。進入美國大學，然後創業、結婚、生育兒女，子孫滿堂。事業越來越順利，他越來越忙碌。他也曾經探詢過，在台灣是否有「他的這一家」？

結果是，沒有。

如今他年過八十，要在二十一世紀，回到他的人生出發點。

在往台北的飛機上，他想到：人性沒有改變，歷史就會有慣性。勝必驕，敗必餒。強欺弱，大欺小。人性就像自由落體那麼自然，歷史自然會不斷輪迴重複。基隆號就像一條小絲線，卻妄想拉住時代的巨輪。他，嘆了一口氣。

飛機停妥中正國際機場，中華航空的機艙播放起台灣民謠「望春風」。似乎熟悉，又很遙遠。

安步當車，和家人兒孫慢慢的走到海關櫃檯，年輕的海關問他：

「老爺爺，你會說中文嗎？」

小毛才想到，自己遞給他的是美國護照。

小毛微笑的用台語說：

「你講台語也會通！」

聽他一講，海關和他都笑了。

「歡迎來台灣！您第一次來嗎？」海關問。

小毛愣了一下，微笑的說：
「我、終、於、回、國、了。」

國家圖書館出版品預行編目資料

一九四二未來戰艦基隆號／洪宗賢著. --初版. --臺中市：白象文化事業有限公司，2022.08
面；　公分
ISBN 978-626-7105-81-8（平裝）

863.57　　　　111005049

一九四二未來戰艦基隆號

作　　者　洪宗賢
校　　對　洪宗賢
發 行 人　張輝潭
出版發行　白象文化事業有限公司
412台中市大里區科技路1號8樓之2（台中軟體園區）
出版專線：（04）2496-5995　傳真：（04）2496-9901
401台中市東區和平街228巷44號（經銷部）
購書專線：（04）2220-8589　傳真：（04）2220-8505
專案主編　陳媁婷
出版編印　林榮威、陳逸儒、黃麗穎、水邊、陳媁婷、李婕
設計創意　張禮南、何佳諠
經紀企劃　張輝潭、徐錦淳、廖書湘
經銷推廣　李莉吟、莊博亞、劉育姍、李佩諭
行銷宣傳　黃姿虹、沈若瑜
營運管理　林金郎、曾千熏
印　　刷　基盛印刷工場
初版一刷　2022 年 08 月
定　　價　360 元